電影劇本

既生瑜，何生亮？

迪爾海波 著

A Hiwave Lab Production

92 Farm Lake Crescent

Chappaqua,New York 10514

目錄

序

一、INT./EXT.美國帕洛阿托市賈伯斯家　白天（2011年）

寧靜的街上，綠樹成蔭。一輛小車輕輕緩入，停在斯蒂夫·賈伯斯家的路旁。比爾·蓋茨從駕駛位下車。蓋茨抬頭望著賈伯斯的家。

蓋茨輕推後院的後門，悄悄進入其中。

賈伯斯的兩個女兒，16歲的愛琳和13歲的夏娃，正在廚房做作業。蓋茨環視著賈伯斯家的室內佈置。

蓋茨　（驚訝地）你們都住在這裡嗎？

愛琳　是的！

蓋茨　你爸爸呢？

夏娃　在臥室。

蓋茨朝臥室走去。

愛琳和夏娃互相對望，苦笑著。

夏娃　爸爸的老朋友？

愛琳　不，爸爸的老對手！

蓋茨輕推臥室門，一眼望去。

消瘦的賈伯斯半躺在床上，雙眼閃爍著火焰。

賈伯斯和蓋茨同齡，都已56歲了。自從70年代分別創辦蘋果和微軟以來，他們在個人電腦和由個人電腦引發的資訊技術領域裡競爭已經持續了近35年了。

賈伯斯看見蓋茨，眼睛頓時立刻發亮。

賈伯斯　比爾！

蓋茨　斯蒂夫！

賈伯斯伸出手，蓋茨緊緊地握住賈伯斯的手。兩雙眼睛深情地交匯。賈伯斯試圖起身，蓋茨按住他，輕輕給他蓋上被子。蓋茨移來一把椅子，坐在床頭。兩人不約而同地望向陽光斜照進窗戶的地方，深深陷入對過往的回憶……

二、INT./EXT.賈伯斯年輕時的家 白天（1984年）

賈伯斯年輕時的家位於山頭，俯瞰整個矽谷。33歲的賈伯斯在空曠的無傢俱的房子裡做瑜伽。年輕的蓋茨推門而入。

賈伯斯　比爾！

蓋茨　斯蒂夫！

年輕的賈伯斯和年輕的蓋茨在山路上散步。

他們坐在一塊岩石上，可以俯瞰整個矽谷。

蓋茨　斯蒂夫，你在這片土地上長大。

賈伯斯　是的！我是矽谷的孩子。那時的矽谷還是一片果園。

蓋茨　你出生在一個好地方，出生在一個好時代，趕上了一個好時機啊！

賈伯斯　我生於此地，長於此地。當我走到人生盡頭時，我希望能長眠在這座山頂上，俯瞰著這片養育了我的熱土。

蓋茨　我是個樂觀主義者。等我們老了，說不定能去火星上互相陪伴呢。

賈伯斯　一切皆有可能。

蓋茨　斯蒂夫，我看了蘋果在今年超級杯的廣告，你這個海盜要對付IBM這個強大的海軍？

賈伯斯　是的！

蓋茨　以小勝大，以弱勝強！

賈伯斯　比爾，我們聯手，對付IBM，如何？

蓋茨　就像古代中國的三國傳奇故事，吳國聯手蜀國共同對付強大的魏國？

賈伯斯　（驚訝地）你也瞭解三國？

蓋茨　商場如戰場，軍事家怎能不熟讀三國呢？

賈伯斯　為了讓小蘋果和小微軟能與強大的IBM形成三足鼎立之勢，我們一起合作吧！

賈伯斯伸出手。

遠方的山上，一棵古老的大樹高傲地矗立，周圍的兩棵小奇異果樹剛剛開花，微風吹過，宛如在相互翩翩起舞，又彷彿在相互致意。

賈伯斯、蓋茨握緊雙手。畫面回到賈伯斯臥室。

蓋茨的眼睛突然被台桌上的一本書吸引。

蓋茨起身拿起賈伯斯床前的《三國演義》英文版，迅速翻了幾頁，然後放回原處。

蓋茨　　你最喜歡三國故事的哪一段？

賈伯斯　　我最喜歡諸葛亮和周瑜的故事。你瞭解瑜亮情結嗎？

蓋茨走到臥室門口，轉身回望賈伯斯，他內心深知這將是最後一次見面。博學多才且酷愛閱讀的蓋茨當然瞭解。但他不忍心剝奪賈伯斯最後一次在他面前展示他的東方智慧。

蓋茨　　瑜亮情結？你能說說是什麼嗎？

賈伯斯眼神閃爍，從半躺的姿勢坐起來。畫面過渡到三國時代。

淡出

三、EXT.中國赤壁　白天（中國三國時代西元235年）

一輪紅日冉冉升起。朝霞灑在江面上，江面的反光波光鱗鱗。諸葛亮與周瑜下棋對弈。

棋間兩人意鬥：畫面上諸葛亮與周瑜在藍色的湖水中博劍。

周瑜　　請教孔明先生當今三國之爭的偉略？

諸葛亮與周瑜共寫大字。

諸葛亮寫下：東聯吳，北抗曹！

周瑜接過筆寫下：西聯蜀，北抗曹！

諸葛亮輕輕地搖著羽毛扇，和雄姿煥發的周瑜沿著城樓遙望遠方。

諸葛亮　大都督可曾聽說吾主劉備和對岸曹公的青梅飲酒論英雄之典故？

周瑜　何止是聽說，簡直是如雷貫耳啊！

諸葛亮　先生何講？

周瑜　曹公在劉公落難時收留劉公，在一次兩人單獨的飲酒中，曹公拿出他心愛的青梅酒，與劉公共論天下英雄。

周瑜　曹操問天下英雄何許人也？

諸葛亮　劉公答：馬中赤兔，人中呂布！

周瑜　天下英雄者，呂布也？

諸葛亮　否也！

周瑜望著諸葛亮，眼神裡求答案。

諸葛亮　　天下英雄者，周瑜也！

周瑜　　天下英雄者，諸葛孔明也！

諸葛亮和周瑜相互捧懷大笑。

周瑜和諸葛亮拱手作揖告別，相互轉身後分道揚鑣。一輪紅日冉冉西下，血一般的夕陽灑在長長的路上，將二人構成惜別的剪影：一人走向東，回到他的吳國，一人走向西，回到他的蜀國。

望著諸葛亮漸漸遠去的身影，再望著剛剛博弈的棋盤的態勢。忽然間，周瑜回頭。

周瑜　　（仰天長嘯）既生喻，何生亮？

畫面轉回賈伯斯家中。

四、INT.賈伯斯家　白天（2011年7月）

賈伯斯躺在床上，望著窗外漸漸變暗的燈光和剛下著的雨，口中念念有詞。

賈伯斯　　既生瑜，何生亮？

蓋茨望著賈伯斯憔悴的身體，壓抑著悲傷，眼淚溢滿眼眶。轉過身，邁向窗邊，嘴上也念念有詞。

蓋茨　　既生喻，何生亮？

畫面推出

一幅巨大的畫軸慢慢展開，揭示一幅巨大的畫卷。片名躍然畫卷之上。

片名：既生瑜，何生亮？-If Yu, Why Liang?

淡入（Fade In）

第一章

五、EXT.美國新墨西哥州洛斯阿拉莫斯農場　白天（1924年）

字幕：1924年

夕陽將整個天空染得血紅。新墨西哥的無盡沙漠上稀疏地點綴著奇特的花草，給這片荒涼的土地帶來了獨特的魅力。馬的嘶鳴聲從遠處逐漸靠近。三匹馬的蹄聲掀起了寧靜沙漠中的浪花。

羅勃特．奧本海默剛高中畢業，他和弟弟佛蘭克林以及數學老師史密斯到奧本海默喜愛的新墨西哥州的自家農場度假。

奧本海默揮鞭坐騎在三匹馬群的馬首。奧本海默的中學數學老師史密斯壓後。奧本海默的弟弟佛蘭克林居中。

奧本海默
駕，駕，駕！

佛蘭克林
駕，駕，駕！

史密斯　　駕，駕，駕！

三人揚鞭催馬的吆喝聲和「達，達，達」的馬蹄聲，交織成強烈的無堅不摧的打擊樂，注入這塊寂靜而紅色的土地。

隨著打擊樂漸漸遠去，三人像戰場勝利後凱旋的將軍。

奧本海默　（激亢地）新墨西哥！洛斯阿拉莫斯！我太愛這片土地了！

新墨西哥的這片紅土是奧本海默的初戀。

突然，一陣狂風卷起了巨大的沙塵。瞬間，三匹馬和三人被沙塵淹沒。沙塵呼嘯聲和馬匹的驚叫聲交織成了新墨西哥高原上獨特的交響樂。

風沙過去，佛蘭克林和史密斯睜開眼，各自撫摸和安慰著他們的馬。

突然，他們發現奧本海默不見了。兩人迅速上馬，大聲呼喊著奧本海默的名字。

佛蘭克林　　奧本海默！

史密斯　　奧本海默！

他們的呼喊聲在廣闊的曠野中迴盪。

六、EXT.美國劍橋哈佛大學哈佛廣場　白天（1925年）

夏天的哈佛廣場，街頭藝術家們的精彩表演吸引了眾多觀眾，一波又一波的喝彩聲為莊嚴的學院氛圍注入了活力和生機！

年僅21歲，身材高瘦、儀表堂堂的奧本海默從街頭走來，彬彬有禮地來到廣場中央的報刊亭。

奧本海默　維多利亞，來一份星期天版的紐約時報。

維多利亞　哎！奧本海默！

維多利亞遞給奧本海默一份沉甸甸的星期天版紐約時報。

奧本海默　謝謝！

奧本海默從口袋裡掏出一枚硬幣給維多利亞。

維多利亞　奧本海默，你快要畢業了，對吧？

奧本海默　對！這不剛拿到學士學位證書。

維多利亞　留下吧！留在哈佛吧？

奧本海默　怎麼講？

維多到亞　哈佛怎麼能沒有你呢？

奧本海默背對著維多利亞繼續向前走。

奧本海默　哈佛沒有誰都照轉！

維多利亞　奧本！

奧本海默停下來，傾聽著。

維多利亞　我可不能沒有你！娶了我吧？我要嫁給你！

奧本海默轉過頭，狡黠地笑道。

奧本海默　好的，我回頭問你爸爸去！

七、INT.美國劍橋哈佛大學史密斯教授家　晚上（1925年）

史密斯太太和女兒維多利亞在廚房桌上，史密斯教授和奧本海默在客廳。維多利亞端著兩杯剛煮好的淳香的咖啡遞給奧本海默和父親。

奧本海默　謝謝你，維多利亞！

維多利亞　怎麼謝？奧本？

史密斯教授　別逗了，維多利亞，我們正在討論這個世紀最重要的話題。

維多利亞　這個世紀最重要的話題？

史密斯教授端起咖啡，站起身來，品了一口，繞著咖啡桌走動。

史密斯教授　奧本，你面前有三種選擇：最上策是去歐洲，中策是留在哈佛，下策是留在哈佛並成為我的研究生。

維多利亞　（肯求道）留在哈佛吧，奧本！

史密斯教授　別逗了，維多利亞，這個選擇可是決定未來美國的科學啊！你呀，還是嫁給隔壁那位教授的兒子，那個汽車修理工吧！

維多利亞　（不甘心）奧本，告訴我，物理學家追求的是什麼？

奧本海默　認識世界，探索世界！

八、INT.英國劍橋大學卡文迪許實驗室　晚上（1926年）

金黃的秋葉灑在一座古色古香的小樓的路旁。小樓門口展出卡文迪許實驗室的標牌。

年輕英俊瘦長的奧本海默在卡文迪許實驗室做實驗。桌前放著兩篇關於量子力學的文章。

左邊是海森堡的第一篇關於量子力學的文章，右邊是薛定諤的　篇關於量子力學的文章。

奧本海默聚精會神地閱讀著。

奧本海默起身在黑板上寫下方程式：左邊是海森堡方程式，右邊是薛定諤方程式。

奧本海默　（望著左邊）海森堡用的是矩陣力學。

奧本海默　（望著右邊）薛定諤用的是經典的微分方程。

奧本海默　（起身自言自語地）為什麼完全不同的方法，不同的數學，得出相同的結果？令人拍案叫絕的結果？

奧本海默　這問題的關鍵是？……

奧本海默　關鍵是？……

奧本海默手扶著下巴，皺著雙眉，來回地邊走邊思考著。

奧本海默走進盧瑟福辦公室。盧瑟福和玻爾在辦公室內討論。

盧瑟福介紹奧本海默給玻爾。

盧瑟福　奧本海默，這是玻爾教授。你們聊吧！

玻爾　奧本海默，從美國來的？

奧本海默　對！你也知道？

玻爾　聽盧瑟福教授介紹過你。

奧本海默第一次見到大名鼎鼎的玻爾，興奮而緊張。盧瑟福轉身走出辦公室。

玻爾　你的進展如何？

奧本海默　很困難。

玻爾　困難是物理的，還是數學的？

奧本海默想了一會兒。

奧本海默　我也不知道！

玻爾　看來我現在幫不上你。堅持吧，找到困難所在，然後征服它。

九、INT.英國劍橋大學　白天（1926年）

長得和奧本海默一樣年輕英俊瘦長的狄拉克在物理俱樂部作演講。

狄拉克　這就是我得出的描繪量子力學的方程。

奧本海默認真地聆聽。

會後，奧本海默走近狄拉克。

奧本海默　太精彩了！你得出和海森堡，薛定諤相同的結果。
狄拉克　我真喜歡這個方程，因為她太美了！
奧本海默　而你的原則是描繪物理乃至自然界的現象達到數學之美，這是科學家的最高境界！
狄拉克　對！瞭解我的人，是奧本！
奧本海默和狄拉克都會意大笑！
狄拉克　理論物理正處在一場大革命的前夜。我們很幸運，趕上了這個好時代。
突然，狄拉克話題一轉。
狄拉克　你怎麼樣？
奧本海默　白天做實驗物理，晚上做理論物理。
狄拉克　要不要加入到理論物理的革命浪潮中來？
奧本海默　英國有巨匠湯姆遜和盧瑟福，我是為他們而來英國的。
狄拉克　是的，他們是很經典，但他們已慢慢成為老古董了！
奧本海默　是的，我也有同感。
狄拉克　你的抽象思維很強，應該放棄實驗物理，從事理論物理。

奧本海默　我的初衷是來歐洲做實驗物理的論文。

狄拉克　你應該去當今物理的前沿去學習，你的博士論文應該是最前沿的課題。

奧本海默　世界如此之大，何處是前沿？

狄拉克　去德國的哥廷根，去玻恩教授那裡！

十、INT./EXT.美國加州帕拉阿托小鎮UNIVERSITY AVE　白天（2011年）

賈伯斯和蓋茨繼續在賈伯斯家誠摯地交談。

賈伯斯紅光煥發。兩顆摯熱的心再次碰撞出火花。

賈伯斯　走，我們出去走走。

蓋茨　你行嗎？

賈伯斯　行！讓我再盡一次地主之誼，一起在帕拉阿托走走。

蓋茨扶著賈伯斯起床。走出了門。

賈伯斯的大女兒　爸爸，你行嗎？要不要我們陪你？

賈伯斯　行！不用。有你們的蓋茨叔叔陪我。

賈伯斯和蓋茨漫步在帕拉阿托小鎮的街上。

位於矽谷中心的帕拉阿托小鎮一派生機，興奮的青年拿著尚未開封的產品從蘋果店和微軟店前走出來，喜形於色。

賈伯斯和蓋茨緩慢地在大學大道（University Ave）上散步。蓋茨和賈伯斯互望，意念畫面回憶他們的競爭場面。

蓋茨與賈伯斯平靜地抽出劍，躍上藍藍的湖，開始了他們的博弈。

二人博鬥到公司的理事會議室。

賈伯斯　　來吧，向我心中刺！

蓋茨　　好吧！不會寫程式，不懂密碼的銷售員！

蓋茨一劍擊中賈伯斯，賈伯斯捂著劍向著自已身上戳了一下，然後拔出。

蓋茨　　來呀！

賈伯斯　　好吧！沒有品味，沒有風格，沒有原創力的奇天大盜！

蓋茨　　哈哈哈！

賈伯斯拉弓射箭，第一箭帶著MacbookAir，第二箭帶著ipod，第三箭帶著iphone，第四箭帶著ipad，第五箭帶著pixar/cartoon movie，接連向蓋茨射去。蓋茨拿出有Windows標誌的擋箭牌將所有的五支箭都收在擋箭牌之中。

畫面轉回帕拉阿托小鎮的街上，二人大笑。

蓋茨　你可是當今青年人的英雄啊！

賈伯斯　你更是啊？

蓋茨苦苦笑著。

蓋茨　時勢是造英雄，我們這個時代，可是英雄輩出的時代。

賈伯斯　大浪淘沙，英雄來來去去，跟我們一起在七十年代創業的人，倖存者寥寥無幾。

蓋茨停下腳步，望著賈伯斯。

蓋茨　為什麼是我們倆？

賈伯斯　問得好！我也一直在思考這個問題。百思不得其解。

蓋茨　像中國傑出的數學家華羅庚一樣，我們倆至今為止，還沒有正式的本科文憑。

賈伯斯　也許，不停學習的饑餓感，不斷地創新的使命感，不同凡響的審美感，緩緩地流在我們的血液中。

蓋茨想了想，找不出更好的答案。

蓋茨（點著頭）也許。

賈伯斯 也許，是我們各自的英雄在不斷地激勵我們不停地折騰！

蓋茨 史蒂夫，我一直想知道，誰是你的英雄呢？

賈伯斯 奧本海默！

蓋茨 奧本海默？

賈伯斯 對！奧本海默！

蓋茨 為什麼是奧本海默？

賈伯斯 等我把故事講完，你就會明白為什麼！

蓋茨充滿了好奇和期待。

蓋茨 斯蒂夫，快講吧！

賈伯斯 好的！

賈伯斯 比爾，我們倆趕上了微處理器和個人電腦的好時代！

賈伯斯 奧本海默趕上了量子力學的好年代，上世紀二十年代，那可是一個激動人心的時代！

十一、INT./EXT.德國哥廷根大學　白天（1926年）

風景秀麗，古典風格的哥廷根大學。

學生們三五成群地躺在草坪上。有的在看書，有的在交談，有的在思考。

奧本海默從教室走出來，藍色的眼睛閃著亮光。奧本海默為自已能來到哥廷根而高興。

奧本海默健步地走在斜貫草坪的磚路上。迎面走來狄拉克。兩個英俊的年輕人在校園的中央又見面了。

狄拉克　　走，奧本，我們去見波恩教授。

奧本海默　　好的！

狄拉克和奧本海默走進波恩教授的辦公室。波恩教授正在和二位一瘦一胖的年輕人交談。波恩教授氣宇不凡，一幅德國紳士的雅度。

其中一位瘦的青年是海森堡，意氣風發但一臉羞色。

另一位胖的青年是泡利，結實厚壯，長得圓圓的，但一臉殺氣騰騰。

狄拉克　　波恩教授，這就是，美國來的奧本海默。

波恩　　歡迎你到哥廷根來！

波恩和奧本海默握手。

奧本海默　久仰久仰！十分榮幸來到波恩教授手下做研究生。

波恩　這是海森堡。

奧本海默和海森堡握手。

奧本海默　沒想到創建矩陣力學的海森堡如此年輕！

波恩　這是泡利。

奧本海默和海森堡握手。

奧本海默　泡利不相容原理的發現者也是如此年輕！

海森堡　我們早就聽說奧本海默是來自美國最有才華的青年物理學家。

奧本海默　哪裡哪裡！

狄拉克　各位不必客氣，過不了幾天，你們就會吵翻天的！

眾人皆笑。

波恩　走，我們一起去聽海森堡作量子力學演講。

眾人來到會議室，早有研究生等待。

海森堡作量子力學演講。海森堡邊寫公式邊演講。

海森堡　這裡的關鍵是 q和 p是不可交換的。

奧本海默提出尖銳的問題。

奧本海默　q和 p不可交換的本質是什麼?

海森堡　「一人文章」(one man paper)沒有回答這個問題,但「二人文章」(two men paper)有回答這個問題。你可以請「二人文章」的作者回答你的問題。

奧本海默　那「三人文章」(three men paper)呢?

聽眾A　什麼是「一人文章」(one man paper),「二人文章」(two men paper)和「三人文章」(three men paper)?

玻恩　我可以回答這個問題。沒想到奧本海默剛到哥廷根就知道了!

玻恩　海森堡一人發表的《運動和力學關係的量子理論新解釋》為「一人文章」(one man paper)。我和喬丹發表的《關於量子力學》為「二人文章」(two men paper)。我,喬丹和海森堡三人發表的《關於量子力學II》為「三人文章」(three men paper)。

奧本海默　好。現在請回答我的問題。

玻恩　　海森堡在那篇劃時代的《運動和力學關係的量子理論新解釋》的一人文章中，正式建立了矩陣力學的框架。

玻恩　　不可交換的 q 和 p，其本質是泊松刮號，這是我們哥廷根人的看法。

十二、INT./EXT.德國哥廷根大學　白天（1926年）

在哥廷根，奧本海默和狄拉克建立了深厚的友誼。狄拉克走進奧本海默的住處。

狄拉克驚奇地發現，桌上除了物理書外，還有文學書籍：義大利著名詩人但丁的原著，斯科特．菲茨傑拉德的短篇故事集《冬天的夢》，契訶夫的話劇《伊萬諾夫》和德國抒情詩人約翰．霍爾德林的詩集。

狄拉克更驚奇地發現，一張奧本海默寫的詩的手稿。

狄拉克　　這是你寫的詩？

奧本海默　　是的！

狄拉克　　和劍橋時代不同的是，我發現了奧本海默的多才多藝，還擅長寫詩。

奧本海默　你狄拉克總是有新發現。

狄拉克　我不解的是，奧本海默，你怎麼能既從事物理，又寫詩？

奧本海默　為什麼不能呢？

狄拉克　在科學研究上，你要用每一個人能理解的語言，去描寫沒有一個人知道的事情。而在詩歌創作上，你要用沒一個人能理解的語言，去描寫所有人都知道的事情。

奧本海默　做科學和寫詩有一個共同點：美！

狄拉克　精彩！我堅信，物理的數學方程式之美，像詩之美！是物理科學的最高形式。

奧本海默冥思片刻，細細地品味著狄拉克的話語。

十三、INT./EXT.德國哥廷根大學　白天（1926年）

奧本海默向自己的導師，玻恩教授的辦公室走去。銅制的玻恩辦公室名標：玻恩教授。

奧本海默輕輕地敲了兩下門。

玻恩　請進。

奧本海默　教授，這是我剛寫完的論文。

奧本海默雙手遞過論文。

玻恩雙手接過論文，聚精會神地讀了起來。

奧本海默在玻恩的對面的椅子坐下，環視著玻恩的辦公室。奧本海默被玻恩身後一幅巨大的牛頓畫像吸引。

波恩　寫得很不錯，有重大突破！

奧本海默　有一些進展，但全靠教授指導。

波恩　哪裡！你是我指導過的從美國新大陸來的最獨立的，最有創見的學生！

波恩注視著奧本海默，露出獨有情鐘的眼神。

玻恩　走，我們一塊去參加研討會！

玻恩教授主持研討會。演講者演講他的最新研究結果和心得。奧本海默不斷地打斷演講者，提出尖銳的問題。

玻恩教授不得不起身。

玻恩　　讓演講者講下去。

與會者對奥本海默的尖銳的攻擊性，不以為然。

玻恩教授回到自己的辦公室。辦公桌上躺著一封研究生們寫的不滿奥本海默的信。

玻恩教授打開信，開始閱讀。

玻恩　　「請玻恩教授立刻制止奥本海默的尖銳的攻擊性行為。」

讀完後，玻恩教授陷入沉思。

十四、INT.德國哥廷根大學玻恩教授家　白天（1926年）

奥本海默敲門。玻恩教授的妻子開門。

奥本海默　　師母。

玻恩的妻子　　奥本，快進來！

玻恩　　快來嚐嚐師母做的點心。

奥本海默感受到玻恩家的熱情和溫暖。

嚐完點心，玻恩和奥本海默在玻恩的書房坐下。談起了研究的進展。忽然，客廳裡傳來了玻恩的妻子的聲音。

玻恩的妻子
玻恩，你的電話。

玻恩
好的！

玻恩示意了一下奧本海默，然後起身從書房走到客廳。奧本海默一人在書房。

奧本海默起身站了起來，環視了一下書房。

奧本海默不經意地看到了那封研究生們寫的不滿奧本海默的信：「請玻恩教授立刻制止奧本海默的尖銳的攻擊性行為。」

奧本海默讀完後一臉通紅。

玻恩回到書房，看到奧本海默一臉通紅，便知道自已用的技巧奏效了。

字幕：

玻恩清楚地知道，就是因為這一幕，後來奧本海默成為美國物理學界掌門人時，玻恩竟然沒有收到一個美國大學的邀請！

十五、INT.德國哥廷根大學　白天（1926年）

玻恩教授主持研究生研討會。

海森堡，泡利，奧本海默，狄拉克坐在第一排聆聽。

玻恩　今天研討的題目是「經典力學和量子力學的數學方法」。

玻恩教授　經典力學的數學方法是微積分，量子力學的數學方法是矩陣力學，下面請矩陣力學的創建者，海森堡來講矩陣力學。

年輕的海森堡走到講臺前。

海森堡　謝謝玻恩教授。我在慕尼黑的索末菲教授那裡學到了樂觀精神，在哥本哈根的玻爾教授那裡學到了物理學，在哥廷根的玻恩教授這裡學到了數學。

奧本海默不再提問，而是平靜地享受海森堡的故事。

海森堡望著奧本海默，十分驚訝奧本海默為什麼今天如此安靜。

海森堡　當你經歷過創造和發現的樂趣後，你就感到人生沒有虛度。

海森堡　1925年五月底，我得了花粉病。臉腫得像被打過一樣。我只好向玻恩教授請兩週病假，去德國海邊的赫爾蘭療養島度假。

玻恩　赫爾蘭療養島是你的福地！

畫面切換：

賈伯斯　海森堡終於等到了量子力學定律從他心底裡湧現出來的偉

大時刻！

蓋茨　一生只為這一天！

畫面切回：

海森堡　對！在赫爾蘭療養島的一個深夜，我忽然意識到總能量必須保持常數，能量守恆！當最後一個計算結果展現所有各項均能滿足能量守恆原理時，當確信自已的方程式時，我激動於數學的美，以及數學的連貫性與一致性，我感到驚訝，我似乎看見原子現象的外表，看見異常美麗的內部結構，當看到大自然如此慷慨地將珍貴的數學結構展現在我的面前時，我幾乎陶醉了。

閃回（Flashback）

海森堡衝出屋子，衝向大海。爬上一塊突出於大海之中的岩石，等待著太陽的升起。

一輪紅日從東方冉冉升起。坐在大海之中的岩石上的海森堡，被紅日照映下，呈現出巨大的剪影。

海森堡一人的剪影漸漸變成賈伯斯和蓋茨二人的剪影。

畫面切換：

賈伯斯　我們後來的微處理器和個人電腦的革命，乃及現在的互聯網的科技革命，都得益和起源於海森堡引導的量子力學的革命！

蓋茨　一點不錯！

十六、INT.德國哥廷根大學　白天（1926年）

海森堡和奧本海默在打乒乓球比賽。一個研究生在翻比分牌。

比分牌上顯示：9：9。

海森堡發球，奧本海默準備接發球。正在這時，泡利和狄拉克走了進來。

泡利　我們來打雙打！

奧本海默　我們還沒分出高低呢？

狄拉克　你們總有機會分出高低的！

狄拉克走到奧本海默一邊，泡利加入到海森堡一邊。

狄拉克和奧本海默與泡利和海森堡打起了雙打。

泡利　德奧大帝對英美聯盟！

玻恩和玻爾走進來。

玻爾　我們加入他們的比賽。

玻恩　好的！

玻爾加入狄拉克和奧本海默一邊。玻恩加入泡利和海森堡一邊。

三對三！

玻爾和狄拉克，奧本海默耳語一會。又繼續打，但開始了一個新陣型：一二陣型。

玻爾在前（中），狄拉克，奧本海默在後，一左一右。進攻時，玻爾衝向前，狄拉克，奧本海默往後退。防守時，玻爾從中退後，狄拉克，奧本海默往前，從左右衝向前。

玻恩，泡利和海森堡驚呀了。

海森堡　怎麼像踢足球一樣？一二陣型？

奧本海默　不，這是玻爾原子模型。

玻恩　一個是原子核。

海森堡　一個是電子。

泡利　那還有一個呢？

狄拉克　反電子！

泡利，海森堡，玻恩　（抗議）反電子？

玻恩　我們現有的物理學知識裡，只有原子核和電子，沒有反電子。

狄拉克　有的。我的方程裡預計有。實驗發現反電子是遲早的事！

玻爾　狄拉克，看你的了！

畫外音：

1932年，奧本海默在加州理工學院的學生，卡爾安德森試驗證實發現反電子。一年後，狄拉克獲得諾貝爾物理獎。

十七、INT.德國哥廷根大學　白天（1926年）

研究生米格爾在演講。

研究生米格爾　這就是電子自轉的狀態公式。

奧本　（抗議）這是錯誤的！

泡利　這簡直連錯誤都算不上！

研究生米格爾　（驚訝而沮喪地）什麼？

十八、EXT.美國加州帕拉阿托小鎮UNIVERSITY AVE　白天（2011年7月）

瘦弱的賈伯斯和蓋茨緩慢地在University Ave上散步。

賈伯斯　泡利和海森堡都是天才。泡利的批判精神被稱為上帝之鞭。泡利的特點是破的多，立的少。

蓋茨　而海森堡的特點是天生的樂觀主義者。在批判性和建設性工作之間，海森堡更傾向作建設性工作。

賈伯斯　對！海森堡是邊破邊立，以立為主。所以建樹較多！

十九、INT.瑞士蘇黎士世聯邦理工學院　白天（1926年）

奧本海默和拉比在蘇黎士世聯邦理工學院校園一路走來。

字幕：

拉比，紐約出生的猶太人。在哥倫比亞大學獲得博士學位後在蘇黎士師從泡利讀博士後。回美後，長期任哥倫比亞大學物理系主任。

奧本海默和拉比一見如故。

拉比　奧本，談談你的歐洲故事？

奧本海默　太多了，從何談起？

拉比　印象最深的。

奧本海默　哥廷根！哥廷根！是哥廷根讓我懂得了物理的品味。你呢？

拉比　泡利！泡利！來泡利這裡之前，我只知道一些歌詞，來泡利這裡之後，我學到了真正的音樂。

奧本海默　精彩！只有懂歌劇的人，才知道你在講什麼！

拉比　你的理想是什麼？

奧本海默　我想回美國後，辦一個像玻恩的哥廷根那樣的理論物理中心！

拉比　好哇！

泡利走過來。

泡利　你們二個紐約老鄉在聊什麼？

拉比　我們一見如故，都想紐約了！

泡利　好男兒可要四海為家啊！

三人皆笑。

二十、INT./EXT.美國伯克利加州大學　白天（1930年）

奥本海默從歐洲返回美國。選擇在伯克利加州大學和加州理工學院任教授。奥本海默要將伯克利成為世界物理學的中心！

恩尼斯特·勞倫斯正在忙著設計世界上第一台大型加速器。

恩尼斯特·勞倫斯　為什麼不去哈佛，而來伯克利？

奥本海默　我想把伯克利建成美國的理論物理中心，甚至世界的理論物理中心！

恩尼斯特·勞倫斯　你想把伯克利建成像哥廷根那樣的地方，吸引世界上頂尖的年輕人聚集在你周圍？

奥本海默　只有時間會告訴我們！

恩尼斯特·勞倫斯看了下手錶。

恩尼斯特·勞倫斯　你的上課時間到了！

奥本海默　好的！

奥本海默和恩尼斯特·勞倫斯很快成為很好的朋友，在工作中建立了深厚的友誼。

勞倫斯，吳健雄和奥本海默一塊走進教室。

年輕英俊的奧本海默教授戴著禮帽，健步走向巨大教室的講臺。

奧本海默舉目環視了一下半圓形教室。學生們立刻被奧本海默教授磁鐵般的吸引力而吸引。

奧本海默教授摘下禮帽，放在講臺上。

奧本海默

今天我跟大家講講物理學的五個方程：牛頓方程、麥克斯韋方程、愛因斯坦方程、海森堡方程和狄拉克方程。

奧本海默在黑板上寫下了這五個方程。眾學生聚精匯神地聽著。

奧本海默

前三個方程的冠名者是我的英雄，後二個方程的冠名者是我的同事和朋友。

奧本海默環視了一下半圓形教室，遇到的是勞倫斯教授，吳健雄和眾學生期待的眼光。

奧本海默用教鞭指著牛頓方程。

奧本海默

牛頓方程就是經典的牛頓定律，牛頓以催枯拉朽的神鞭創建了微積分，從而有了牛頓定律。它描述和統治著我們肉眼能看見的宏觀世界，乃至日常世界。

奧本海默用教鞭指著麥克斯韋方程。

奧本海默　法拉第發現了電和磁，並揭示了電磁感應的現象。麥克斯韋方程描述和統治著法拉第發現的世界。當偉大的物理學家玻爾茲曼看到麥克斯韋方程組時，驚歎地說：「難道這是上帝親手寫下的詩歌嗎？」

奧本海默　麥克斯韋方程如此之美，費米在過蜜月時，教他的新婚妻子麥克斯韋方程。

吳健雄和勞倫斯相互笑了。

奧本海默用教鞭指著愛因斯坦方程。

奧本海默　愛因斯坦方程是關於相對論的。愛因斯坦用他的思維實驗改變了我們對時間和空間的認識。海森堡方程和狄拉克方程是關於量子力學的。

奧本海默環視了一下聽眾。奧本海默脫下西裝。雪白的襯衣和紅色的領帶更襯托出奧本海默那深藍的眼睛炯炯有神。

奧本海默　眾所周知，量子力學是聚集在玻恩教授的一群年輕人創立的。我們全都獲益不淺。談起量子力學的數學方法，讓我們從一九二七年第五次索爾維會議的這張珍貴的照片說起。

奧本海默展出那張著名的索爾維會議的合影。照片中，愛因斯坦居中，居禮夫人在右側。

奧本海默　這是一幅珍貴的照片，但卻是一幅現代物理學的歷史畫幅！從年邁的普朗克起，到年富力強的愛因斯坦，到尊敬的玻恩教授，到年輕的天才海森堡，每一個人都影響了一個時代！

奧本海默　愛因斯坦的特徵是極度關注、居禮夫人的特徵是堅持！

奧本海默從講臺上拿起禮帽，戴在頭上。

奧本海默　愛因斯坦在摧毀了牛頓經典物理學的大廈後，面對由玻恩，海森堡，玻爾領導的量子力學的革命的新浪潮，愛因斯坦成為他親手創立的新的物理學大廈的守護者。

奧本海默　理論物理學家的任務是解物理方程。

勞倫斯　實驗物理學家的任務是證明你的解是對的！

吳健雄　那誰創造方程呢？

奧本海默　上帝只對少數幸運兒顯真！

眾學生大笑！如醉如癡。吳健雄和勞倫斯會意地笑了。下課後，學生紛紛模仿奧本海默的講課姿勢。

學生甲　（模仿著奧本海默的聲調）難道這是上帝親手寫下的詩歌嗎？

學生乙　（模仿著奧本海默的動作）從年富力強的愛因斯坦到年輕的天才海森堡，每一個人都影響了一個時代！

二十、INT.美國伯克利加州大學奧本海默家　傍晚（1939年）

奧本海默的家座落在伯克利山上，眺望著整個舊金山海灣，風景如畫。奧本海默的研究生和博士後們在他家裡聚會。十幾個年輕人圍坐在一起，邊喝著酒，邊討論著從物理學到政治的深刻話題。

羅勃特舍貝爾和研究生甲在靠窗的一角聊著。

羅勃特舍貝爾　今年全美一半的理論物理研究生都在這裡。

研究生甲　奧本像磁鐵般地吸引我們到他身旁。

羅勃特舍貝爾　奧本為何有如此魅力？

研究生甲　還是從他身上找答案。

羅勃特舍貝爾　對。

羅勃特舍貝爾和研究生甲走向奧本海默。

羅勃特舍貝爾　奧本，給我們講講你的故事吧？

奧本海默　為什麼？

研究生甲　我們想知道奧本海默為什麼會成為奧本海默？

羅勃特舍貝爾　我們想知道奧本海默為什麼會成為奧本海默的過程，經歷和有趣的故事。

奧本海默　真要聽？

眾研究生　真要聽！

奧本海默　好的！拿好酒來！

羅勃特舍貝爾從酒櫃裡拿出一瓶1900的德國酒王伊慕。

羅勃特舍貝爾　名酒配精彩的故事！伯克利，我們沒白來！

奧本海默拿起禮帽，扇了扇風，開始講起了他和他的時代的故事。

二十二、EXT.歐洲某海港　白天（1926年）

奧本海默繼續講述他的故事，這一次回到了1926年的歐洲某海港。泡利送奧本海默回國。

泡利　計程車！

研究生米格爾開著計程車過來。

奧本海默和泡利打開車門，坐了進去。奧本海默和泡利在車後交談著。

車停在入港口，研究生米格爾打開車門，奧本海默和泡利從車裡走出。奧本海默拿出現金，遞給研究生米格爾。

研究生米格爾　不用了，教授們！

奧本海默和泡利　（驚訝）怎麼是你？米格爾！

研究生米格爾　這個城的一半的計程車司機都是沒有拿到博士學位的。

泡利和奧本海默彼此苦笑。

泡利　我象一個屠夫，把沒有才華的年輕物理學者推向死胡同。

奧本海默　看來，我們要手下留情啊！

奧本海默忽然注意到泡利走向研究生米格爾。

泡利　還喜歡物理嗎？

研究生米格爾　喜歡！

泡利　回來做物理吧？我當你的導師。

研究生米格爾感到驚訝，但感激地接受了。

被泡利的「仁慈」感染，奧本海默也大發同情心。

奧本海默　認真想想吧。米格爾！這是我在美國的位址。也歡迎你到陽光燦爛的加利福利亞來做我的博士研究生，換換運氣。

奧本海默遞給研究生米格爾一張卡片。

研究生米格爾點了點頭，恭敬地接下卡片。

泡利轉身送奧本海默到碼頭回美國。

泡利　奧本，你趕上了量子力學革命的黃金時代，並且是直接的參與者。你熱愛自已的祖國的心情也是可以理解的！

奧本海默　謝謝你的理解。

突然，泡利話鋒一轉，講了一句經典的泡利名言。

泡利　量子力學就像一個絕美的女人。海森堡是她的第一個男人。波爾和玻恩是她的教父教母，我是她的小三。儘管薛定諤是她的最愛，狄拉克成了她的丈夫。

奧本海默　精彩！精彩！太絕了！

泡利　不過，有一樣東西更為重要。

奧本海默　什麼東西？

泡利從口袋裡拿出一個小信封。遞給奧本海默。

泡利　上船後再看。

奧本海默緊緊握著泡利的手告別。

畫面切回：

奧本海默　今天的故事就講到這裡。

眾研究生如饑似渴地聽著奧本海默的故事。沒有一個人希望故事就此結束。大家都急切地想知道泡利小信封的內容。

羅勃特舍貝爾　奧本，奧本，泡利寫的什麼？

研究生乙　對，泡利小信封寫的什麼？

奧本海默正要回答，忽然，門上響起了敲門聲。敲門聲打斷了奧本海默的思路。奧本海默打開門。

研究生米格爾推門進來。

奧本海默　怎麼是你，米格爾？

奧本海默　說曹操，曹操就到！

研究生米格爾　我來投奔奧本，做奧本的博士後！

奧本海默　歡迎，歡迎！

奧本海默　這就是研究生米格爾！

眾人一同鼓掌。

奧本海默　故事還沒完呢！我要和你們一起譜寫新的篇章！

奧本海默　走，到舊金山的酒吧給米格爾接風。

羅勃特舍貝爾　好哇！奧本又要請客了！

二十三、EXT.美國舊金山某酒吧店　晚上（1939年9月）

在這個人山人海的酒吧裡，樂隊演奏著現場音樂，熱鬧非凡。奧本海默和他的學生們圍坐在一張長方形的桌子旁，邊喝酒邊討論著各種話題。勞倫斯和吳健雄也加入了他們。

勞倫斯　做理論物理的研究生和博士後遠比做實驗物理的要多啊！

奧本海默　做理論物理的只需紙和筆，做實驗物理的要昂貴的儀器設備。

戴著一副深度眼鏡的博士後施溫格難得地講了一句話。

施溫格　我的筆就是我的實驗室。

施溫格的話引起了眾人的共鳴，大家都點頭贊同。

施溫格　對了，說起筆，奧本，泡利寫的什麼？

羅勃特舍貝爾　對了，說起筆，奧本，泡利寫的什麼？

研究生乙　是的，泡利小信封寫的什麼？

奧本海默正要回答，忽然，收音機裡發出了尖叫的報警聲。

廣播節目主持人　最新消息，最新消息，希特勒的德軍進攻波蘭。第二次世界大戰爆發了！

奧本海默戴上黑色禮帽，臉上露出嚴峻的表情。

奧本海默　我們的象牙塔夢破碎了！

眾研究生圍著奧本海默，充滿焦慮和困惑。

眾研究生　奧本，我們怎麼辦？怎麼辦？

奧本海默　我們的航程必須改變！

就在這時，舊金山海灣上的一艘巨輪發出震耳欲聾的出航警告號聲，聲音迴盪在伯克利山脈，震驚了整個舊金山海灣。

二十四、INT.美國芝加哥大學　白天（1939年）

費米和泰勒正在討論問題。

急速的電話鈴聲響起。

費米拿起電話。

費米　我是費米。

費米　嗨！奧本。

費米一臉嚴肅地聽著電話。

費米望著泰勒。

費米　好的！我和泰勒乘明天的火車去。

費米放下電話，向泰勒說明了電話內容。

費米　戰爭爆發了，奧本提前採取行動了。他即將在伯克利舉行小型核反應爐在武器上的可行性商討會議，邀請我們兩個參加。

泰勒　好的，我現在就去準備行李！

二十五、INT./EXT.美國伯克利加州大學　白天（1939年9月）

奧本海默和勞倫斯歡迎費米和泰勒的來訪。

費米　奧本，勞倫斯，這是泰勒，海森堡的學生。

奧本海默　泰勒博士，久聞，久聞。

泰勒　很慶倖見到你，奧本海默博士。

泰勒　在萊比錫時，經常聽海森堡和玻爾提到您，真是如雷貫耳啊！

奧本海默　泰勒，泰勒！你也一樣啊！誰都知道你泰勒的多才多藝和批判性思維啊！

奧本海默　1929年初，我重返歐洲在泡利手下做博士後時，去過萊比錫參加會議，怎麼沒見到你？

泰勒　是啊！我也在想。

奧本海默　戰爭爆發了，我們的航程改變了！你們二人都是傑出的兩栖的實驗物理學家和理論物理學家。請二位來的目的是探討核子物理在戰爭中的作用以及如何幫助正義的一方。

費米　有良心的科學家都要走出象牙塔，為人類的正義而獻身！

奧本海默和勞倫斯以及泰勒都為費米的激情所感動。

二十六、EXT.加州伯克利，舊金山海灣　白天（1939年）

勞倫斯親自開著自己的小遊輪，帶著費米，泰勒和奧本海默一塊遊玩舊金山海灣。

四人沉浸在舊金山海灣秀麗的風景中，享受著畫般美麗的風光。

費米，奧本海默和泰勒一塊在太平洋游泳。勞倫斯在打點著小游輪。費米和奧本海默邊游邊交流著。

費米　這次討論會很成功。驗證了原子能應用在核武器理論上的可行性。這是重大的突破。

奧本海默　對，我們心裡有底了！

費米　奧本的學生們用的新的數學和物理方法讓我一頭霧水，整個下午我都很沮喪，一直到最後一句話才令我鼓舞起來。

勞倫斯　哪一句話？

費米　費米貝塔衰變理論。

奧本海默，勞倫斯和費米都大笑起來。

突然，不遠處響起了撲通撲通的拍打聲。

泰勒　救命，救命！

費米急速游過去。向泰勒伸出手。

奧本海默　快抓住！

泰勒抓住了費米的手。費米轉身猛游。將泰勒拖到了岸邊。

奧本海默和勞倫斯都趕了過來。

泰勒　費米，謝謝你救了我。

泰勒　我欠你的。我將做任何事來回報你。

勞倫斯　任何事？

泰勒點著頭。

風景與畫的舊金山海灣的夜幕包圍著四人。

二十七、INT.美國加州通往芝加哥的火車上 白天（1940年）

火車在快速地行駛著。

一個魁梧的軍人在車廂A來回走著。

字幕：格羅夫斯將軍，畢業於MIT和西點軍校，剛被軍方任命為曼哈頓計畫的負責人。

畫面A

格羅夫斯將軍和費米在車廂A單獨談話。

畫面B

格羅夫斯將軍和勞倫斯在車廂A單獨談話。

畫面C

格羅夫斯將軍和泰勒在車廂A單獨談話。

畫面D

格羅夫斯將軍和奧本海默在車廂A單獨談話。

畫面E

格羅夫斯將軍和泰勒，費米，勞倫斯，奧本海默在火車餐廳吃午飯。

畫面F

格羅夫斯將軍和助手們考察奧本海默的檔案。

格羅夫斯將軍望著窗外急駛的火車頭。

格羅夫斯將軍

搞定了！

畫面G

火車到達終點站。泰勒，費米，勞倫斯，奧本海默陸續下車。

格羅夫斯將軍

奧本海默博士！

格羅夫斯將軍叫住奧本海默。

格羅夫斯將軍

奧本海默博士，我正式任命你為新的國家實驗室主任。

二十八、EXT.美國新墨西哥州洛斯阿拉莫斯農場　日落時分（1941年）

夕陽將整個天空染成血紅色。新墨西哥州的一望無際的沙漠被稀疏的奇異花草點綴著，顯得粗礦而別致。馬啼聲從遠處傳來，隨著聲音越來越近，五匹馬的馬蹄將寧靜的沙漠踢起陣陣沙浪。

奧本海默　　駕，駕，駕！

格羅夫斯將軍　　駕，駕，駕！

奧本海默　　格羅夫斯將軍，這塊土地是我的初愛，你看這裡怎樣？

格羅夫斯將軍　　好！新的國家實驗室就選擇這裡！這是你的初愛。這塊岩石臺地將成為我們的福地！

畫外音：舉世震驚的壯舉就要在這裡產生！

二十九、INT.美國新墨西哥州洛斯阿拉莫斯實驗室　白天（1941年）

桃樂西．麥基賓是一個和藹可親、忠誠能幹的中年婦女。她受聘於奧本海默成為助手，興高采烈地提著包來到新開的簡陋洛斯阿拉莫斯實驗室上班。

桃樂西．麥基賓　　奧本，我的第一個任務是什麼？

奧本海默　　你負責給科學家發通行證。

桃樂西．麥基賓　　好的！

拉比，貝特，和泰勒在桃樂西．麥基賓的辦公室前領通行證。

桃樂西．麥基賓　　拉比教授，這是你的通行證。

桃樂西．麥基賓　貝特教授，這是你的通行證。

桃樂西．麥基賓　泰勒教授，這是你的通行證。

一個年輕人急急衝來。

桃樂西．麥基賓　費曼博士，這是你的通行證。

拉比，貝特，泰勒和費曼拿到通行證後，前往見奧本海默。

奧本海默　很高興見到各位。請坐。

奧本海默　拉比，作為實驗室主任的高級顧問，我想聽聽你對實驗室的組織結構的看法。

拉比　好的。

奧本海默打開卷著的實驗室的組織結構圖。

奧本海默　理論物理部由我負責，實驗部由巴切爾負責，化學和冶金部由甘迺迪和史密斯負責。軍械部由海軍的帕森斯負責。每一個部門再細分成小組。

拉比　很好！只有一個問題。你不能既擔任實驗室的負責人又兼任理論物理部的負責人。

奧本海默拿起煙斗，狠狠地抽了一口。思索了一會。

拉比走近奧本海默，等待他的回答。

奧本海默轉過身，望著拉比。

奧本海默　你是對的。那就讓貝特負責理論物理部。

拉比　這是明智的決定！

三十、INT.美國新墨西哥州洛斯阿拉莫斯實驗室　白天（1942年）

奧本海默剛完成在黑版上的演算。

奧本海默　原子彈的理論物理部由貝特，泰勒和費曼組成，拉比做顧問。貝特擔任理論物理部主任。

奧本海默　數學計算由馮·諾伊曼，貝特，費曼舉持。

費曼　我？

奧本海默走近費曼。

奧本海默　（狡詰地）馮·諾伊曼是舉世聞名，博大精深的數學家。但是，我們這裡全都知道誰是這裡最聰明的年輕物理學家！

三十一、INT.美國新墨西哥州洛斯阿拉莫斯實驗室　白天（1942年）

畫面A

原子彈的理論物理部的科學家們在緊張地工作，專注於他們的研究任務。奧本海默叼著一只煙斗，站在窗邊觀察著。

畫面B

原子彈的實驗物理部的科學家們也在緊張地工作，進行實驗和測試。奧本海默叼著一只煙斗，站在窗邊觀察著。

畫面C

奧本海默叼著一只煙斗，運用他獨特的全才，領導著眾多優秀科學家，為原子彈的研究和開發提供指導和支持。整個實驗室充滿了緊張而充滿活力的氛圍。

三十二、INT.美國新墨西哥州洛斯阿拉莫斯實驗室　白天（1942年）

玻爾來訪。奧本海默陪同他去領通行證。

桃樂西·麥基賓　　玻爾教授，這是你的通行證。

玻爾戴上通行證，與奧本海默一起邊走邊聊。

玻爾　你的朋友海森堡來哥本哈根見我了。

奧本海默　他還好嗎？

玻爾　很好！他見我是為了試探盟軍是否在研製原子彈。

奧本海默　那德國是否也在研製原子彈？

玻爾　海森堡沒有告訴我。

玻爾轉過身，掏出煙斗，直視著奧本海默。

玻爾　但我敢肯定，他們正在進行。你們必須加快進展！

格羅夫斯將軍推門而入。

格羅夫斯將軍　是的，玻爾教授！你說得對！我們必須加快進展！

玻爾　很好！

格羅夫斯將軍拉開窗門。

格羅夫斯將軍　你看，玻爾教授，整個曼哈頓工程在奧本海默的領導下，像一部精密的機器，各個零部件高效運轉。進展如同坦克一般，碾壓式前進。

玻爾　像坦克？

格羅夫斯將軍　是的，困難重重，但我們的使命前所未有！我們必須在德軍之前完成任務！

玻爾　你們有信心嗎？

格羅夫斯將軍　有！我們有一個德軍無法比擬的絕密武器！

玻爾　是什麼？

格羅夫斯將軍　因為我們擁有奧本海默！

格羅夫斯將軍　奧……本……海……默！

三十三、EXT.美國加州帕拉阿托小鎮UNIVERSITY AVE　白天（2011年）

賈伯斯　奧本海默是我的英雄。他在選才，識才以及全方位的領導魅力上，深深地激勵著我！

賈伯斯　我知道他在建立原子彈項目小組時對招聘的要求。雖然我並不像他那樣出色，但這正是我渴望達到的目標！

三十四、INT.美國新墨西哥州洛斯阿拉莫斯實驗室　白天（1942年）

在美國新墨西哥州洛斯阿拉莫斯實驗室，年輕的費曼身穿白襯衣，高大挺拔，雙眼散發出敏銳且具有穿透力的光芒，眉宇間流露出無法掩藏的英俊氣質。他專注地工作著。

同事甲和同事乙走了過來。

同事甲　　費曼，這部分應該如何計算？

費曼　　先計算B部分，再計算A部分，就會有突破。

同事乙　　費曼，這題目太難了，做了一星期還是一片迷霧！

費曼　　好！把這個迷霧交給我處理，你挑一個清晰的來做！

費曼接過同事乙的難題，雙眼如同鐳射一樣，聚焦在難題上。然後他開始著手計算。

不一會，費曼就得到了結果。

費曼　　迷霧散去了！

同事乙和同事甲興奮地聚攏在費曼身邊。

同事乙　　你是怎麼解決的？

費曼　　你雙眼緊盯著難題，你靠近再盯一次，答案就顯現了！

三十五、INT.美國新墨西哥州洛斯阿拉莫斯實驗室　晚上（1942年）

費曼輕輕地潛入同事的辦公室。他小心翼翼地左右觀察，然後來到一個標有「絕密」字樣的文件櫃。

突然，警衛來查崗，打開了燈。

費曼急忙躲到辦公桌下，捂著頭儘量不發出聲響。警衛看到沒有發現異常，便離開了。

費曼起身，但不慎撞到辦公桌，發出響聲。警衛聽到響聲，立刻回來查看。

警衛　　有人嗎？

費曼仍躲在辦公桌下。警衛一步一步逼近。

牆上的鐘滴答滴答地走著。

費曼下意識地抓了一根木棍。

突然，一只貓從門口竄出，嚇了警衛一跳。

警衛　原來是你！

警衛關上燈，然後離開了。

費曼站起身，在黑暗中，開始運用他的開鎖技巧。

費曼　（念念有詞）2.71828，e！

費曼成功地打開了標有「絕密」字樣的文件櫃。費曼繼續念著數字，打開了另一個文件櫃。費曼從口袋裡拿出一張紙，寫下一條信息。

字幕：

泰勒教授，費曼在此留下痕跡。

費曼將紙放回文件包的首頁，然後將文件包放回文件櫃。

費曼鎖好文件櫃，臉上露出狡黠的笑容，成功完成了他的「潛入」行動。

三十六、INT.美國新墨西哥州洛斯阿拉莫斯實驗室　晚上（1942年）

費曼提著辦公包回到家。

費曼的妻子阿琳衝上前，摟著費曼的雙肩。

阿琳　累了吧，親愛的？

費曼滿足地看著阿琳。

阿琳的熱情被費曼的眼光所點燃，雙手摟著費曼的雙肩，溫柔地切換到抱著費曼的頭，深情地吻著費曼。費曼在阿琳的熱情愛中徹底地投降了。

費曼　我是這個世界上最幸運的混蛋！

阿琳一手捂住費曼的嘴，一手牽著費曼的手。

阿琳　快來看！

費曼　看什麼？

阿琳　拉著費曼的手到廚房的桌前。

阿琳　你看就知道！

阿琳指著桌上的一堆賀年片。

費曼撿點著賀年片。

費曼　（一封一封地）奧本海默！

費曼　費米！

費曼　馮．諾伊曼！泰勒，貝特，拉比……

費曼像孩子一樣望著阿琳。

費曼　你真要送嗎？他們可是大名鼎鼎的大科學家。你只是無名小卒之妻。

阿琳　你為什麼在乎別人怎麼想？

費曼睜大雙眼，楞了一下，微笑憨厚地看著妻子。

費曼　這真是生活的真諦！我將來要寫書的話，就以它為書名。

阿琳　看你說的，別當真了？

費曼的妻子不在意地翻著一本時裝雜誌。

阿琳　親愛的，你看這深紅色裙子好看嗎？

費曼　好看！

阿琳　真的？

阿琳摟著費曼的頭。

費曼　真的！等工程項目完成了，一定跟你買一件！

阿琳很感動。

阿琳　不要，不要！

阿琳不停地搖著頭，臉上露出天使般的笑容。笑容中蕩漾著兩個甜甜的酒窩。費曼陶醉在幸福深處的夢裡，在巨大酒窩的湍流中。

費曼站起來，恰似愛的湍流將費曼拋起。費曼拿出自己心愛的鼓，用手敲起來。

費曼的妻子情不自禁地跳起舞來。時不時將時裝雜誌的紅色裙子在舞姿中展示在腰前。

費曼享受著妻子美妙的舞姿，越敲越有勁。費曼的鼓聲迴響在洛斯阿拉莫斯山谷。

鏡頭切換：

泰勒在自己家彈著鋼琴。

費曼的鼓聲和泰勒的鋼琴迴響在的洛斯阿拉莫斯山谷。

夕陽染紅了洛斯阿拉莫斯山谷。

三十七、INT.美國新墨西哥州洛斯阿拉莫斯　白天（1942年）

奧本海默，泰勒和費曼在討論物理。

奧本海默

阿琳的病情如何？還需要我做什麼？

費曼　現在穩定下來。謝謝你對阿琳的關照。

奧本海默　你可知道玻爾來了？

費曼　知道。

奧本海默　玻爾要見你。

費曼　為什麼是我？我又不在決策層。

奧本海默　我說過，我們都知道誰是這裡最出色的年輕物理學家。

三八、INT.美國新墨西哥州洛斯阿拉莫斯　白天（1943年）

費曼正在自己辦公室鼓搗著偷開鎖術。

貝特推門進來。

貝特　費曼，這個星期的進展如何？

費曼　我的任務早完成了！

貝特　你的？那理論部的呢？

費曼　理論部的正等著泰勒計算激波的流體動力學。

貝特　又在等泰勒！

費曼　泰勒的心不在原子彈上，他的心在氫彈上。

貝特　走，去向奧本報告情況。

貝特和費曼來到奧本海默辦公室，向奧本海默彙報工作。

奧本海默　看來，進展的關鍵是激波的流體動力學。

貝特　一針見血。

奧本海默站了起來。望著窗外。

奧本海默很很地抽了一口菸，然後轉過身來。

奧本海默　我宣佈，泰勒調出理論部，直接報告給我。我們一起作超彈研究。原子彈的激波流體動力學工作交給費曼繼續進行。

三九、INT.美國新墨西哥州洛斯阿拉莫斯　白天（1943年）

奧本海默和泰勒每週定時討論氫彈模型，數學家烏曼也參與了超級氫彈模型的討論。

烏曼　奧本，這是泰勒和我設計的超級氫彈模型的初步圖紙。

奧本海默　原子彈和超級氫彈的區別在於，一個是核裂變，一個是核聚

泰勒　變。而超級氫彈更像太陽巨大的發熱原理。

奧本海默　一點不假！

泰勒　最大困難和障礙是什麼？

奧本海默大驚！　你！奧本！

烏曼　沒有你這位美國物理的掌門人的支持，超級氫彈的工程是無法推進的。

四十、INT./EXT.美國新墨西哥州洛斯愛拉莫斯實驗室　白天（1943年）

電話鈴響了。費曼接起電話。

費曼　我是費曼。

費曼　什麼？

費曼轉身對貝特。

費曼　我妻子不行了。

貝特　快去吧。這裡的事我來管。

費曼開著車，前往位於新墨西哥州首府的阿爾伯克爾基醫院。到達阿爾伯克爾基醫院，費曼停好車，飛快地跑進醫院。

躺在病床上的費曼妻子昏迷著。

費曼撲向床前。

費曼　阿琳，阿琳！

費曼妻子睜開眼。

阿琳　親愛的！

費曼　（輕輕地）我不在乎別人的想法！

阿琳　嗯？

費曼　嗯！阿琳因為我只愛你！

阿琳　我更愛你！

阿琳講完最後一句話，停止了呼吸。費曼豆大的淚珠滴在阿琳的臉上。

費曼抹去淚珠。捧起妻子的臉，輕輕地吻了妻子的頭。

費曼心裡記下了她頭髮的味道，那個味道還是跟平常一樣，他覺得很驚訝。

費曼強忍悲喪，將被單蓋在妻子頭上。

費曼沉重而平靜地離開了醫院。費曼自己都感到吃驚。

四十一、INT.美國新墨西哥州洛斯愛拉莫斯實驗室　白天（1943年）

奧本海默對氫彈模型不以為然。泰勒力爭。

泰勒　氫彈的理論工作已經完成，是否增加更多人力？

奧本海默　不，現在的優先和著重點在原子彈上。

泰勒　好的！

奧本海默　氫彈和你的時代終究會到來的！

四十二、EXT.美國新墨西哥州洛斯愛拉莫斯實驗室　白天（1943年）

第一顆原子彈試爆。

奧本海默和費米戴著防護眼鏡觀看原子彈爆炸。

奧本海默　費曼，快戴上防護眼鏡！

費曼　不用了！我要用肉眼觀看原子彈爆炸！

奧本海默　費曼！只有你他娘的費曼！

費曼堅持用肉眼觀看原子彈爆炸。

奧本海默　各就各位！

奧本海默拿起電話。

奧本海默　各就各位！

奧本海默　5、4、3、2、1

世界上的第一顆原子彈在空中爆炸。

費米用紙計算原子彈威力。泰勒在用心算計算原子彈威力。

費米從筆記本上撕下一頁紙。當原子彈爆炸的衝擊波經過時，他拋出紙片到空中。很快估計了原子彈的威力。

費米　原子彈的威力大約一萬個TNT。

奧本海默帶著禮帽，手拿著煙斗。

奧本海默情不至禁地吟誦梵文詩：比一千個太陽還亮！

奧本海默　漫天奇光異彩，有如聖靈逞威，只有一千個太陽，才能與其爭輝！

第二章

四十四、INT.美國芝加哥大學　白天（1946年）

費米，泰勒和錢德拉塞卡走在芝加哥大學物理系的走廊上。

費米在芝加哥主持物理中心，和奧本海默的柏克萊的物理中心一起，形成了美國物理學的中心。物理學的中心正在從歐洲轉移到美國。

突然，一聲爆炸聲從不遠的實驗室傳來，費米，泰勒和錢德拉塞卡震驚了。

泰勒　　怎麼回事？

同學甲　那得問楊振寧。

泰勒　　為什麼？

同學甲　因為哪裡有爆炸哪裡就有楊振寧。

年輕的楊振寧出現了。他戴著手套，身著實驗室的白色大褂，臉上被爆炸的衝擊波塗上一層黑色，從實驗室呈現出來。

楊振寧慕名來到美國芝加哥大學攻讀研究生，並迅速被費米認可。

同學乙　振寧，又是你！

費米和泰勒看見了楊振寧。

費米　沒事吧？振寧！

楊振寧　沒事。這就是我來美國，來芝加哥的目的！

泰勒　看來，你得好好跟費米教授學學如何做室驗。

楊振寧　本科時沒有條件做室驗，缺乏系統的訓練。

費米　不急，慢慢來！

費米　振寧，到我辦公室來一下。我們繼續討論昨天的話題。

楊振寧　好的！

費米、泰勒，錢德拉塞卡和楊振寧一同在辦公室繼續討論物理問題。討論結束時，楊振寧起身準備離開。

費米示意楊振寧坐下。

費米　泰勒教授和我下周要出差，請你代一下課。

楊振寧　好的！

費米　這是我全部的的教案筆記。你從第五章講起。這個方程要多花些時間講清楚。

費米的教案筆記工整清晰，楊振寧恭敬地接過教案筆記本，離開了費米辦公室。

泰勒　我在海森堡手下念研究生時，他也讓我代課。

費米　你泰勒嘛，那還用談？

泰勒　海森堡可沒有給我這麼工整，清晰，井井有條的教案筆記本。費米，你真是個模範教授啊！

費米　今天是怎麼了？難得你泰勒這麼大度。

費米，泰勒和錢德拉塞卡都笑了！

秘書送上新研究生錄取審批材料。錢德拉塞卡和楊振寧離開了費米辦公室。費米和泰勒分別審閱了新研究生的申請材料。

泰勒　我看這個李政道不錯。

費米　審批委員成員有不同意見，因為他只讀過兩年本科。

泰勒　看看他的推薦信。看看他的推薦人是誰？

費米　誰？

泰勒　吳大猷！
費米　推薦楊振寧的吳大猷教授？
泰勒　對！
費米　楊振寧能到芝加哥物理系來，可是吳大猷教授的功勞。
泰勒　他們可都是衝著你，大名鼎鼎的費米來的！
費米捧懷大笑。
費米　我是空有其名啊！誰不知你泰勒有乾貨！
泰勒　費米啊費米，別謙虛了。你費米可是集理論物理和實驗物理大成的第一人啊！
費米　難得聽到你泰勒的讚賞，你可是集批判思維和點子多大成的「鬼才」啊！
泰勒　言歸正傳。吳大猷教授推薦李政道為本世紀的「奇才」！這個奇才，我這個鬼才收了！
泰勒在錄取審批材料上簽了字。
費米　同意！
費米也在錄取審批材料上簽了字。

泰勒　對了，我看那些持反對票的審批委員成員，在中國不一定能拿到本科學位！

費米又捧懷大笑。

費米　這才是你泰勒的真顏色！

四十五、INT.美國芝加哥大學　白天（1947年）

費米和泰勒在費米辦公室討論問題。楊振寧和李政道走進來。

楊振寧　費米教授，泰勒教授，這就是李政道。

費米　歡迎你，李政道！

費米起身和李政道握手。

李政道　很高興見到你，費米教授！

泰勒　歡迎你，李政道！

泰勒起身和李政道握手。

李政道　很高興見到你，泰勒教授。

費米　泰勒教授可是力排眾議，慧眼識才的伯樂！

泰勒不無得意地笑了。

費米　　吳大猷教授在推薦信上講，你李政道可是個奇才呀？

泰勒　　李政道不僅是個奇才，而且是個英俊的小夥子！

費米　　振寧，來繼續我們的討論。

泰勒　　政道，你也來參加！

費米，泰勒，楊振寧和李政道一起討論起來。

四十六、INT.美國波科諾山　白天（1948年）

奧本海默主持第一屆波科諾山物理會議。

奧本海默　　有一位物理學家講：「我的筆就是我的實驗室」。

奧本海默環視聽眾。

奧本海默　　大家想不想知道他是誰？下面由講這句話的施溫格作主題報告。

施溫格戴著一副深度眼鏡，文質彬彬，氣宇不凡。對，就是那個奧本海默的博士後施溫格，現在已經是哈佛最年輕的正教授。

施溫格　謝謝奧本，謝謝各位。就是因為這句話，奧本沒有邀請去我洛斯阿拉莫斯從事曼哈頓工程。

眾人皆笑。

施溫格作了馬拉松式的演講。這一年是屬於施溫格的。

施溫格在演講，聽眾包括奧本海默，費米，泰勒，費曼在聽，並且認真做筆記。時鐘從上午八點轉到十一點。

施溫格一直在演講。

眾人包括奧本海默，費米，泰勒，費曼也一直在聽，並且一直做筆記。時鐘從上午十一點轉到十二點。聽眾有人不時望著主持人奧本海默。

奧本海默認真地聽著演講。

受奧本海默的影響，眾聽眾聚精會神地聆聽著施溫格的精彩演講。時鐘從上午十二點轉到四點。

施溫格　今天就講到這裡。

奧本海默　謝謝施溫格精彩的演講。我們可以避過午餐直接吃晚餐了！

眾人大笑。

奧本海默

這可是我經歷過最長的馬拉松式地演講。施溫格的精彩演講讓我們感受到了物理學的無窮魅力。我相信，這次會議將成為歷史上的一段佳話，記錄著所有與會者對物理學的熱愛和敬業精神。

眾人再次鼓掌，會議在熱烈的氛圍中圓滿結束。

四十七、INT.美國芝加哥大學　白天（1948年）

費米和泰勒在芝加哥大學的研究生辦公室聚集了一群年輕的物理學研究生，包括楊振寧和李政道。費米拿出他在波科諾山會議上記錄下來的筆記本，分享了施溫格的演講內容。

費米

施溫格的演講內容非常豐富，他從物理學的基本原理展開，涵蓋了許多重要的領域。他的演講讓我們深刻感受到了物理學的無窮魅力和深度。

泰勒

是的，他的演講真的太長了，我們都餓壞了。但不可否認，他的確是一個出色的學者。這次會議也是他展示自已的舞臺。

眾人都笑了笑，感受到了施溫格演講的影響。

費米　讓我們一起讀一讀我的筆記，看看有沒有什麼心得和收穫。

楊振寧和李政道接過費米的筆記本。認真地翻閱起來。

楊振寧和李政道認真地翻閱著費米的筆記，彼此低聲交流著。

李政道　溫格真是個奇才。那麼年輕就站在物理學的前沿了。

楊振寧　是啊，他的思維和見解確實讓人欽佩。我們要努力，迎頭趕上。

李政道　對！這正是我要來芝加哥投奔費米的目的。我希望在這裡能夠深入學習物理學，不斷進步，為科學做出更多的貢獻。

四十八、INT./EXT.美國威廉姆斯灣耶基斯天文台　白天（1948年）

天色剛剛泛紅，錢德拉塞卡站在巨大的望遠鏡前觀察天體。

隨著時間的推移，天色漸漸變白，錢德拉塞卡收拾好行李，走到車前。

耶基斯天文台台長提著包上班。看到錢德拉塞卡後走過來。

耶基斯天文台台長　又去芝加哥大學嗎？

錢德拉塞卡　　是的！

耶基斯天文台台長　　物理系的系主任講，你的課只有兩個學生，你每週要開一百多英里去講課，是否值得？

錢德拉塞卡　　值得！

錢德拉塞卡開著車，駛向從威斯康辛的威廉姆斯灣耶基斯天文台到芝加哥大學的路上。

四十九、INT.美國芝加哥大學　白天（1948年）

錢德拉塞卡在芝加哥大學的教室裡講課。只有兩個學生在認真聽課。這兩個學生是李政道和楊振寧。

錢德拉塞卡　　我鼓勵你們勇於質疑，提出自已的觀點，並與同行交流討論。只有通過合作和分享，我們才能在科學的舞臺上更進一步。

錢德拉塞卡　　我們休息一下。

李政道和楊振寧交流著筆記。

錢德拉塞卡走到教室外，跟費米和泰勒進行了一段交流。

錢德拉塞卡走回教室。

錢德拉塞卡　　我們繼續講。

費米推門進來，拿著筆記本坐在楊振寧和李政道身後聽課。錢德拉塞卡頓了一下。李政道，楊振寧回頭望了一下費米。費米微笑示意錢德拉塞卡繼續講下去。

錢德拉塞卡，李政道和楊振寧都為費米的謙虛好學精神所感動。錢德拉塞卡結束了這堂課，李政道，楊振寧和費米鼓掌表示感謝。

費米　　錢教授，你的教學真是太出色了。政道和振寧有幸能成為你的學生。

錢德拉塞卡　　是的，他們的未來非常有希望。你對他們的指導無疑將為物理學界增添新的光彩。

五十、INT.美國芝加哥大學　白天（1948年）

在芝加哥大學的教室裡，楊振寧，李政道和同學甲正在討論複雜的偏微分方程。

同學甲　　振寧，這個偏微分方程太難了，做了一星期還沒有結果。

楊振寧接過同學甲的難題，專注地看著問題。他的雙眼閃耀著聰明的光芒，彷佛雷射一樣精準。

不一會兒，楊振寧就得到了結果。

楊振寧　這是這個偏微分方程的精確解！

同學甲興奮地靠近楊振寧。

同學甲　你是如何解開的？

楊振寧謙虛地笑了笑。

楊振寧　你雙眼緊盯著難題，你靠近再盯一次，答案就有了。

李政道聽了也不禁心動，他難掩激動地向楊振寧提出問題。

李政道　振寧，看看能不能解決我關於白矮星內部運行的方程？

楊振寧看了一會。表情有些嚴肅。

楊振寧　這個計算量太大了！我需要更多的時間和資源來解決這個問題。

五十一、INT.美國芝加哥大學　白天（1948年）

費米和李政道站在實驗室裡，面對著大量的計算數據和手稿。費米詢問著李政道關於白矮星內部運行的進展。

費米　白矮星的內部運行進展如何？

李政道微笑回答。

李政道　大量的複雜的計算，仍然在進行中。

費米思考了一下，然後提出了一個新的主意。

費米　小計算尺太小，我們能否自已做一個大尺度的計算尺？

李政道眼中閃過一絲興奮。

李政道　這是個極好的主意！我們可以嘗試自已製造一個大尺度的計算尺。

費米滿懷激情地拉起李政道的手。

費米　來，讓我們一起動手吧！我們的合作會帶來更多的可能性。

李政道　這是一個極好的主意！

費米　來，我們一起動手。

費米和李政道開始著手研發一個大尺度的計算尺。他們一同投入了大量的時間和精力，不斷地嘗試和改進。

五十二、INT.美國芝加哥大學　白天（1948年）

費米興奮地接過巨大的大尺度計算尺，仔細觀察。

費米　這不是槍，簡直就是高射炮！太厲害了！

李政道得意地笑著。

李政道　我們經過不斷的嘗試和改進，終於成功了！

費米感到好奇，他詢問李政道是否已經進行了計算測試。

費米　試了計算沒有？

李政道滿懷自豪地回答。

李政道　當然！計算速度比之前快多了，而且能夠處理更大規模的問題！

費米聽了感到非常滿意，他不禁拍了拍李政道的肩膀。

費米　博大精深的電腦之父馮．諾伊曼要嫉妒你了！你的大尺度計算尺將為我們的研究帶來巨大的幫助！

五十三、INT./EXT.美國芝加哥大學　白天（1948年）53

楊振寧在實驗室做實驗。

休息時，桌子上的一份報紙廣告引起了楊振寧的注意。

楊振寧　「縱橫字謎比賽，最高獎金達到5萬美金」。

研究生甲　參加這種比賽的以家庭主婦為多。

研究生乙　我們要比這些家庭主婦本領要大一些！

研究生丙　這下給我們窮研究生們機會了。

研究生甲　振寧，我們報名參賽吧？

楊振寧　好的！

五十四、INT.美國芝加哥大學　白天（1948年）

泰勒在講授量子力學，而楊振寧和李政道認真聆聽。

下課後，泰勒留住了楊振寧和李政道。

泰勒　振寧，你的實驗做得不理想？

楊振寧　是的！

泰勒　我看了你最近寫的文章，你對理論物理很有天賦。

楊振寧　謝謝教授過獎。

泰勒　我建議你從實驗物理轉回理論物理，將你那篇文章加工一下，作為你的博士論文，由我來當你的博士導師。你覺得這個想法如何？

楊振寧　泰勒教授真不愧是智多星，這個想法雖然很好。但我來美國的初衷是學實驗物理的。

泰勒　人盡其才嘛！

楊振寧　好的，容我好好考慮一下。

泰勒轉向李政道。

泰勒　政道，你的博士論文題目想好了嗎？

李政道　費米教授已經和我商談好了！

泰勒　好的！

五十五、INT.美國芝加哥披薩餐廳 白天（1949年）

楊振寧博士和費米，泰勒告別。李政道作陪。

泰勒 這是芝加哥最好的披薩。

費米 真不錯！跟我們義大利的披薩沒兩樣！

泰勒 這就是義大利人開的正宗的義大利披薩！

費米 來，振寧，要離開芝加哥了，再嘗嘗芝加哥的特色風味！

楊振寧 謝謝！

楊振寧站起來，舉起酒杯。

楊振寧 很幸運，有你們二位導師的指導。

泰勒 我們也幸運，有你們二位學生。

楊振寧 謝謝兩位教授的指導，謝謝你們的友誼！

費米 普林斯頓高等研究所是一個象牙塔，不宜久留。呆一年就回芝加哥吧！

泰勒 我們需要你！在東部，你可吃不上象這樣的芝加哥正宗的義大利披薩。

楊振寧 好的！一年後我回芝加哥！

五十六、INT./EXT.美國新澤西州普林斯頓　白天（1952年）

寧靜純樸的普林斯頓小鎮，散發著高尚濃郁的人文氛圍。清晨，愛因斯坦在家裡喝著咖啡，看著紐約時報。

愛因斯坦喝完最後一滴咖啡，拿起帽子，戴在獅子般的頭髮上。愛因斯坦提著辦公包，走出家門，步行上班。

愛因斯坦不時和街道上的人們致意。普林斯頓小鎮人們儘量不打攪這位小鎮最有名的居住者。

愛因斯坦步行上班成為普林斯頓小鎮上的一張名片。

愛因斯坦走著走著，遇見步行上班的大數學家哥德爾，兩人一起走著上班。

愛因斯坦談笑風生，哥德爾戴著眼鏡，一臉嚴肅。兩人進走普林斯頓高等研究所，遇見奧本海默。

奧本海默　愛因斯坦教授，哥德爾教授，早上好！

愛因斯坦　院長先生，早上好！

奧本海默　你們兩人怎麼一人高興，一人苦惱？

愛因斯坦　你這個物理學家當了院長，我這個物理學家怎能不高興？他這個數學家怎能不犯愁？

三人大笑。

五十七、EXT.美國麻省理工學院　白天（1952年）

李政道博士和林家翹教授沿著查理斯河散步。

林家翹是麻省理工學院教授，流體力學的權威，是李政道在中國西南聯大的師兄。

李政道　你對我的這篇關於湍流的文章，有何高見？

林家翹　你的這篇關於湍流的文章，很有海森堡的那篇關於湍流的文章的味道。海森堡，愛因斯坦，錢學森和我都做過湍流的研究。但是錢學森，錢偉長，郭永懷和我都沒做過麥克斯韋和麥克斯韋方程主宰的世界的工作。

李政道　你的意思是？

林家翹　湍流是經典物理的最後的一塊硬骨頭。美國最優秀的科學家雄心勃勃地攻進去，一個一個地從棺材裡爬出來。

李政道　是這樣？

林家翹　湍流的複雜性著實有吸引力。但她是一個沒有金子可淘的礦地。

林家翹深情地繼續說道。

林家翹　（深情地）回到粒子物理吧！

李政道點了點頭。

五十八、INT.美國新澤西州普林斯頓　白天（1952年）

楊振寧、李政道和蓋爾曼在一家餐館共進午餐。

餐館的女侍者　各位要吃點什麼？

李政道　上海小炒。

楊振寧　鐵板黑椒柳牛。

蓋爾曼從容地用中文點菜。

蓋爾曼　宮爆雞丁，加辣的！

楊振寧和李政道大吃一驚。

李政道　蓋爾曼，你真是個語言通。你可是著名的神童。14歲從進入耶魯大學，19歲獲學士學位，年僅22歲獲麻省理工學院博士學位。除了數理專業，你也精通考古學、動物分類學、語言學。

蓋爾曼　世無英雄，遂使豎子成名。

楊振寧　你的中國文化根底不淺。你可知我們的政道也是神童。

蓋爾曼　知道！政道也是23歲在費米手下獲得博士學位。

楊振寧　加入我們的隊伍，我們一塊工作做物理研究吧？

蓋爾曼　二個神童加上西南聯大早慧的智者！

李政道　對！

蓋爾曼　對不起！我要去加州理工學院，因為那裡有費曼！

蓋爾曼錘打著桌子。

蓋爾曼　那裡有費曼！

楊振寧突然見到一個熟悉的身影走進餐館。

楊振寧站起身，興奮地喊道：

楊振寧　杜致禮！

杜致禮　小楊老師！

楊振寧　你怎麼在這裡？

杜致禮　來美國留學。

楊振寧　在普林斯頓？真巧啊！

杜致禮　是的。

楊振寧　來，讓我給你介紹一下。這位是李政道，也是西南聯大來的神童。這是蓋爾曼，也是一個神童。

楊振寧繼續介紹：

楊振寧　這位就是杜致禮，她曾是我在西南聯大附中的學生。

杜致禮分別與李政道和蓋爾曼握手。

蓋爾曼幽默地說道：

蓋爾曼　想不到，西南聯大不僅出神童和早慧的智者，而且金屋藏嬌，還有這樣的美女呀！

四人大笑。

李政道　蓋爾曼，小心點，她可是大名鼎鼎的杜聿明將軍的女兒。

蓋爾曼　那個指揮過遼沈戰役和淮海戰役的杜聿明將軍？

李政道　對！

蓋爾曼　這普林斯頓真是臥虎藏龍之地呀！

蓋爾曼望著楊振寧和杜致禮，幽默地說道：

蓋爾曼　振寧，現在該你去打你的平津戰役了！

五十九、INT.美國芝加哥大學　白天（1952年）

研究生甲、研究生乙和研究生丙收到縱橫字謎主辦方的來信。

研究生甲、研究生乙和研究生丙跟楊振寧打電話。

研究生甲　振寧！我們得了縱橫字謎最高分！

研究生乙　但還有一組得了一樣的分。

研究生甲　我們必須跟他們作最後的比賽，以決定勝負。

楊振寧　好的，來吧！

六十、INT./EXT.美國新澤西州普林斯頓　晚上（1952年）

楊振寧在普林斯頓高等研究院的圖書館翻閱Webster大字典。

楊振寧把所有個字母的字都寫下來。

楊振寧一直工作到天亮。

天亮了，楊振寧決定回家休息。

楊振寧在街上走著。走到報攤前，買了一份紐約時報。

楊振寧拿起報紙。楊振寧看到醒目的標題：

《湯川秀樹獲得今年的諾貝爾物理獎》

楊振寧一陣臉紅。

楊振寧　（嚴厲地責問自己）楊振寧，你現在在做什麼？

楊振寧回到辦公室，打通了給研究生甲的電話。

楊振寧　我決定退出縱橫字謎競賽。

研究生甲　不行，沒有你怎麼成？

楊振寧　我是認真的。

研究生乙　為什麼？

楊振寧　從現在起，我要把所有精力都集中在物理學的研究上。

六十一、INT.美國波科諾山　白天（1954年）

奧本海默主持第二屆波科諾山物理會議。

奧本海默　去年施溫格作了了不起的創紀錄的主題報告。

奧本海默　今天由施溫格小時候的朋友和競爭者，費曼作主題報告。

費曼在黑板上畫出了費曼圖。

費曼　這就是我今天要講的。

奧本海默驚訝地望著黑板。

奧本海默　費曼圖！費曼圖！

奧本海默　這個龜孫子，不到一小時就講完了施溫格去年要花六小時馬拉松式演講的問題，而且推進了一大步！

奧本海默　散會，今天上午自由活動。

眾人望著費曼，露出了感激之意。

畫外音：

費曼的時代終於到了。

六十二、INT./EXT.美國新澤西州普林斯頓　白天（1954年）

楊振寧在普林斯頓高等研究院作演講。

奧本海默　楊振寧夏天訪問長島的布魯克海文國立室驗室時，和他的辦公室同事密爾斯寫了一篇關於規範場的文章，今天我們請他演講。

楊振寧走向黑板，寫下一個公式。

泡利　這個場的質量是什麼？

楊振寧　目前尚不確定。

楊振寧繼續講下去。

泡利　這個規範粒子的質量到底是什麼？你所說的規範粒子怎麼沒有質量項？沒有質量又怎麼能稱之為粒子？

楊振寧　這問題很複雜，我們研究過，但是沒有肯定的結論。

泡利　這不是一個理由充分的借口。

楊振寧驚了一下，不知如何作答。

猶豫片刻後，楊振寧在第一排的座位坐下來。

會場一時尷尬。眾人不知如何收場。

奥本海默起身，顯示他傑出的領導力。

奥本海默　我們讓振寧講下去！

奥本海默　這有可能是楊振寧最重要的工作！

散會後，楊振寧走回自己的辦公室。

辦公桌上，躺著一封信。楊振寧拿起來，是泡利留下的。

泡利　（聲音）親愛的振寧，你在討論會上的說法，讓我幾乎無法再跟你談些什麼。

楊振寧拿著泡利的信，走進泡利的辦公室。

楊振寧　泡利教授。

泡利　振寧，很高興你來！

難得見到泡利的這份好心情。

泡利倒了一杯英國茶，遞給楊振寧。

泡利　你知道，在普林斯頓這個小鎮，最不受歡迎的人是誰？

楊振寧望著泡利不知如何作答。

猶豫片刻後楊振寧心想，莫非是泡利？

泡利設了一個陷井，讓楊振寧去跳。

泡利看出了楊振寧的心思。

泡利　不！不是泡利！我不是普林斯頓這個小鎮，最不受歡迎的人！

泡利　你想知道是誰嗎？

楊振寧點了點頭。

泡利　薛定諤！

楊振寧一臉驚訝。

楊振寧　為什麼是他？

泡利　薛定諤比我壞多了，他來普林斯頓訪問時，不僅帶著夫人，而且明目張膽地帶著情人。

泡利　　左邊是夫人，右邊是情人，普林斯頓人對薛定諤真是不待見！

楊振寧不知泡利為什麼要提起著個話題。

泡利　　我提起薛定諤，是因為他寫了一篇和你和米爾斯類似的文章，你不妨找出來讀讀，也許對你有所幫助。

六十三、NT.圖書館　白天（1954年）

楊振寧和米爾斯在圖書館。

米爾斯　　找到了！這就是薛定諤的文章。跟我們用的數學有點相似。

楊振寧　　這個泡利，果然不是浪得虛名，還真有兩下！

六十四、INT./EXT.美國新澤西州普林斯頓　白天（1954年）

愛因斯坦助手走進楊振寧和李政道的辦公室。

愛因斯坦助手　　愛因斯坦要見你們倆。

楊振寧和李政道相互看了一下。緊張地站了起來。然後跟隨愛因斯坦的助手來到愛因斯坦的辦公室。

愛因斯坦　年輕人，請坐。

楊振寧和李政道分別坐在愛因斯坦的身旁。

愛因斯坦　你們的這篇統計力學的文章很吸引我。你們知道，我年輕的時候，也是靠統計力學起家的。

愛因斯坦的幽默，讓緊張的楊振寧和李政道感到輕鬆。兩位年輕學者懷著崇敬的心情望著愛因斯坦。

六十五、INT./EXT.美國普林斯頓高等研究院　白天（1954年）

楊振寧和李政道在高等研究院的草坪上散步。

泰勒來訪奧本海默。

泰勒走進奧本海默的辦公室。

奧本海默　泰勒，你是無事不登三寶殿呀！

泰勒　對！這是關於建立氫彈室驗室的報告，請你審閱。

奧本海默　好的！

泰勒　奧本，你這裡真是人才濟濟啊！

奧本海默站在自已寬大的院長辦公室的窗前，拿著煙斗，向窗外望去。

奧本海默　我看著楊和李在高等研究院的草坪上散步，就充滿了驕傲和自豪！

泰勒　楊和李都是我的學生。不，李只是我的半個學生。費米是李的博士論文導師。

泰勒　還是你奧本海默有吸引力。費米和我希望楊振寧一年後回芝加哥的。不僅沒回，連李政道也被你吸引來了！

奧本海默不無自豪地笑了。

奧本海默　在洛斯阿拉莫斯時，費曼是最優秀的年輕物理學家，在這裡，楊和李是最優秀的年輕物理學家。他們都是世界級的！

奧本海默　是的！愛因斯坦將物理學的接力棒傳給了哥廷根時代的海森堡，泡利，費米，你和我。現在，又由你和我親手傳給楊李，費曼，蓋爾曼，施溫格他們了！

奧本海默　對了，蓋爾曼要去加州理工學院和費曼一起工作！

泰勒　費曼和蓋爾曼，楊和李，這倆對有得一拼！

六十六、INT.美國紐約上海餐館　白天（1955年）

上海餐館的老闆，陳師傅，笑臉迎來了楊振寧和李政道。

陳師傅　　歡迎李教授和楊教授光臨。

陳師傅母親　　小李子，小楊子，歡迎！

陳師傅　　點什麼菜？

李政道　　老樣子。

陳師傅　　好的！

楊振寧和李政道在餐館飯桌上激烈地討論著物理學的基本問題：宇稱守恆。

李政道　　我們的競爭對手是費曼和蓋爾曼。

楊振寧　　對！

陳師傅和母親在一旁充滿欣賞地觀察著。

陳師傅　　一人睿智如隆中諸葛孔明。

陳師傅母親　　一人才華如吳國周瑜大都督。

楊振寧寫一個公式，李政道接下來寫一個公式。

李政道　　你這樣的著手處理是錯誤的！

楊振寧　　不，你那樣的著手處理更錯！

李政道　　好，那我們從頭再來！

楊振寧　　好的！

六十七、NT.美國加州理工學院　白天（1955年）

費曼，蓋爾曼在教工食堂激烈地討論著物理學的基本問題：宇稱守恆和重整場。

蓋爾曼　　我們的競爭對手是楊和李。

費曼　　對！

六十八、INT.美國加州帕拉阿托小鎮UNIVERSITY AVE　白天（2011年7月）

史蒂夫．賈伯斯和比爾．蓋茨一起漫步在大學大街，深入討論成功及其背後的關鍵因素。

賈伯斯　　一個人為什麼會成功？一個科學家為什麼會成功？一個企業家為什麼會成功？

蓋茨　　你有答案？

賈伯斯　　沒有。（搖搖頭）

蓋茨　機遇？

賈伯斯　機遇是一個重要的因素，但不是決定因素！

賈伯斯　我想聽聽你的想法？

蓋茨　我也一直在琢磨著這個問題。

賈伯斯露出期望的眼神。

蓋茨　有個叫王梓坤的中國科學家曾經提出一個成才的四個關鍵點，我很欣賞。

賈伯斯　哪四個關鍵點？

蓋茨　德識才學。

賈伯斯　德識才學？怎麼講？

蓋茨　德是人品和態度。

賈伯斯　Integrity!

蓋茨　識是遠見卓識，什麼該做，什麼該不做！

賈伯斯　Foresight!Identify a right problem to attack!

蓋茨　才是才能。

賈伯斯　Talent,gift and skill!

蓋茨　學是知識和學問。

賈伯斯　Knowledge!

蓋茨　德如你所提倡的「讓世界成為更好的地方」！

賈伯斯　咬一口地球，留下我們的痕跡！

蓋茨　識如大元帥大將軍；才如攻堅隊；學如後勤部。

賈伯斯　學如斧背；才如斧刃；識是執斧的手！

蓋茨　精彩！

賈伯斯　看來，一個人能否成功，主要看他的德識才學是否出色。

蓋茨　成功的人做大了，成了大師級，就講究風格和品味。

賈伯斯　對！我們要學習奧本海默，費曼，楊振寧的研究方法，品味，鑑賞力和風格。

賈伯斯　識很重要，選擇什麼該做，什麼不該做，至關重要！

蓋茨　對，當後人緬懷我們倆時，除了我們的創新外，也特別記得你的品味，鑑賞力。

賈伯斯　比爾，別開我的玩笑了。

蓋茨　這是真的，你的品味，鑑賞力是奧本海默，費曼，楊振寧級別的。

賈伯斯　比爾，這是你對我的最大的獎賞。

六十九、INT.美國羅切斯特大學　白天（1955年）

楊振寧和李政道，費曼，蓋爾曼參加奧本海默舉持的羅切斯特會議。

畫外音：

繼施溫格和費曼後，楊振寧和李政道的時代到來了。

楊振寧作大會引題發言。

楊振寧　我認為經過這麼長的一段時間，而我們對θ和τ這個衰變的瞭解是這麼的少，也許最好是對這個問題，保持一個開放的想法。

費曼和蓋爾曼在低聲交談。

費曼　我替蓋爾曼提一個問題。

楊振寧　好的！

費曼　會不會θ和τ是同一種粒子的不同宇稱狀態？就是說，自然界是不是有一種單一確定的右手和左手的方式了？

楊振寧和李政道對費曼和蓋爾曼的競爭已俱初形。

楊振寧 李政道和我研究過這個問題，但還沒有得到確定的結論。

楊振寧 整個問題的關鍵，就是要把弱作用中的宇稱守恆和強作用中的宇稱守恆分開來看待。否則，都會碰到觀念上和實驗上的困境。

楊振寧 我們物理學界面對宇稱不守恆的情況，好比為一個在一間黑暗房子裡的人，他知道在某一個方向一定有一扇門，但是門在什麼方向呢？

奧本海默站了起來。作了會議總結。

奧本海默 這次會議很成功。討論很激烈。提出的問題比解決的問題多。這都是物理學革命的前夜的吉兆。

奧本海默掃視了一下眾人，最後把目光落在費曼／蓋爾曼和楊振寧／李政道身上。

奧本海默 誰會捷足先登？讓我們拭目已待！

七十、EXT.美國羅切斯特大學　白天（1955年）

奧本海默　來，我們打打乒乓球。
費米　怎麼打？
奧本海默　你和楊振寧李政道一隊，我和費曼蓋爾曼一隊。
費米　為什麼？
奧本海默　芝加哥隊國際隊對曼哈頓本土隊。
李政道　蓋爾曼也沒有參加曼哈頓工程？
費曼　但他喜歡在新墨西哥州的紅土上徒步。
奧本海默　我的曼哈頓本土隊不是指曼哈頓工程，而是指曼哈頓！
楊振寧　哦，三個來自曼哈頓的紐約客！
眾人皆笑！
鏡頭回憶：玻爾，狄拉克和奧本海默隊陣玻恩，泡利和海森堡，打乒乓球。
鏡頭重播：費米，楊振寧和李政道與奧本海默，費曼和蓋爾曼打起了三對三的乒乓球。他們的比賽，吸引了不少觀眾。

七十一、EXT.紐約的高速公路　白天（1955年）

楊振寧開著車，李政道坐在車上。他們在從羅切斯特大學回紐約的路上。

李政道　會議的氣氛真是緊張啊！

楊振寧　誰能率先插上勝利的旗幟呢？

李政道　參加會議的人都渴望勝利！

楊振寧　但真正有機會的只有兩支隊伍。

李政道　哪兩支隊伍？

楊振寧　奧本海默心中早有底定。而且他已經有所暗示。

李政道　費曼／蓋爾曼是一支隊伍。我們是一支！

楊振寧　沒錯！

楊振寧和李政道激烈地討論。目標一致：敵人是費曼和蓋爾曼。

車窗外飄著小雪。楊振寧和李政道情如兄弟。

七十二、INT.楊振寧和李政道在各自的辦公室　晚上（1955年）

楊振寧和李政道在各自的辦公室通話。

李政道 明天再談吧！

楊振寧 好的！

李政道關了電燈。（美國哥倫比亞大學）

楊振寧關了電燈。（美國新澤西州普林斯頓高等研究院）楊振寧走出辦公室，在走廊上經過愛因斯坦的辦公室。楊振寧凝視著在門口的愛因斯坦的名牌。

鏡頭推出，顯示愛因斯坦的辦公室。

李政道走出辦公室，走出普平大樓。紐約萬家燈火。繼續前行，他看到一女生從一樓實驗室翻窗而出。

李政道 健雄，怎麼是你？

吳健雄一臉尷尬。

吳健雄 不好意思！政道。

李政道 怎麼回事？健雄。

吳健雄 太晚了，實驗室門被反鎖了，我只有翻窗而出了。

李政道望著吳健雄，對她的敬業和對物理學的熱愛而感動。

李政道 以後，不要工作太晚了。注意身體還要注意安全啊！

吳健雄　政道，我們做實驗物理的，對電子要特別的「馴服」，功夫不到，做不出一桌好菜啊！再說，你也不是這麼晚嗎？

兩人都笑了。

七十三、INT.美國加州理工學院　白天（1955年）

畫面A

費曼的孩子們，卡爾和米歇爾，等著費曼過週末。卡爾長得帥，米歇爾異常美麗。

米歇爾　爸爸，帶我們今天兜風去？

費曼　好的！但我要先打個電話。

卡爾　好吧，打吧！

費曼給蓋爾曼打電話。

蓋爾曼夫人　蓋爾曼在書房工作。

費曼放下電話。

費曼　孩子們，今天你們自已玩吧，爸爸今天要工作。

米歇爾　為什麼？

費曼　　　　因為蓋爾曼要今天工作！

畫面B

又一個週末到了，費曼孩子們，卡爾和米歇爾，再次等待著費曼過週末。

米歇爾　　　　快打電話給蓋爾曼夫人。

費曼給蓋爾曼打電話。

蓋爾曼夫人　　　　蓋爾曼和兒子爬山去了！

費曼放下電話，一身輕鬆。

費曼　　　　孩子們，我們今天開車去墨西哥玩！

卡爾和米歇爾　　　　好！好！

卡爾和米歇爾興高彩烈地跳了起來。

七十四、EXT.美國西部高速公路　白天（1955年）

費曼、費曼的第二任妻子格溫妮絲、卡爾和米歇爾一起開著那輛畫著費曼圖案的老爺麵包車駛向墨西哥。車牌上寫著「量子」。

費曼打開收音機。格溫妮絲和孩子們一起隨著音樂唱起來。

費曼一家的車在沙漠中飛馳中。

突然，一座小鎮出現在視野。

卡爾和米歐爾　麥當勞！

費曼夫人　餓了嗎？

卡爾和米歐爾　餓了。

費曼　好吧，我們去吃午餐吧！

費曼將車開進麥當勞的停車場。這輛畫著費曼圖案的老爺麵包車立刻吸引眾人的目光。

路人甲看到老爺麵包車上畫的費曼圖案。

路人甲　費曼圖！費曼圖！

路人乙　你為什麼要在車身上畫滿費曼圖案？

費曼　因為我就是費曼。

路人乙　你就是大名鼎鼎的費曼？

費曼　對！

路人甲　費曼！費曼！

眾人　（一起呼喊）費曼！費曼！

米歐爾　爸爸，原來你那麼有名？墨西哥人都知道你！

七十五、INT.美國新澤西州普林斯頓高等研究所　白天（1954年）

愛因斯坦的助手遞給愛因斯坦一杯咖啡。

愛因斯坦的助手　奧本海默被政府吊銷機密通行證。

愛因斯坦　（吃驚並憤怒地）這是政府對意氣風發的奧本海默的莫大的侮辱。我要去看看他。

七十六、INT.美國東海岸某物理學會　白天（1954年）

奧本海默和泰勒在走廊交談。

泰勒　奧本，我已經知道你的困境。

奧本海默　泰勒，你我自戰後一直共事，容我問你一問？

泰勒　問吧！

奧本海默　你認為，我有沒有做過有「罪」的事？

泰勒　（肯定地）沒有！

七十七、INT.美國新澤西州普林斯頓高等研究所　白天（1954年）

愛因斯坦和助手來到奧本海默的辦公室。

奧本海默　愛因斯坦教授！

奧本海默起身扶愛因斯坦坐下。

愛因斯坦吸了一口菸斗。

愛因斯坦　我以為你沒有義務使自己成為這場政治迫害的受害者。

奧本海默也吸了一口菸斗。兩串煙交織在一起，形成拓撲形。

奧本海默　怎麼講？

愛因斯坦　我以為，如果這就是國家所給的回報，就該轉身離她而去！

愛因斯坦敲打著煙斗。

奧本海默　愛因斯坦教授，我知道您對科學的愛高於任何國家。

愛因斯坦　對，從德國，到瑞士，再到美國，我是一個世界公民。如果一個國家這樣對待科學家，我寧願去做一個擦鞋匠！

奧本海默　您不理解，我對這個國家的愛正如對科學的愛一樣深，我偏偏深愛著這個國家！

愛因斯坦轉身而去。

愛因斯坦在紐約時報發表文章。

畫面推出：

愛因斯坦

我非常欣賞奧本海默，作為一個科學家，作為一個有良知的人！

畫面推出：

賈伯斯和蓋茨在散步。

賈伯斯

一個對自己的國家竭盡心血精力的人，卻被政府吊銷機密通行證，這種處境，不亞於我當年被踢出我創建的蘋果。

蓋茨

普羅米修斯幫人類偷取了火種，卻被送上審判台。在這一點上，你的英雄和你有點相像！

七十八、INT./EXT.美國新澤西州普林斯頓　白天（1954年）

愛因斯坦提著包步行回家。

奧本海默和妻子漫步在普林斯頓街頭。他們走在愛因斯坦的家門前，拾階而上。

愛因斯坦的助手打開門，歡迎他們進屋。

奧本海默走到愛因斯坦的書房前，突然停住。他被眼前的一幕觸住了。

奧本海默的眼睛濕潤了，當他轉個身時，奧本海默閃著淚花。

奧本海默的妻子　怎麼哪？

奧本海默牽著妻子的手，離開了愛因斯坦的家。

奧本海默的妻子和愛因斯坦的助手一臉困惑，互相對望了一下。

奧本海默的妻子　（被懸念所折磨著）你看到什麼了？

七十九、INT.美國國會聽證會　白天（1954年）

畫面A

貝特　奧本海默是對美國忠誠的！

畫面B

拉比　奧本海默是對美國忠誠的！

畫面C

費米　奧本海默是對美國忠誠的！

八十、INT.美國國會聽證會　白天（1954年）

貝特　明天，該你出席國會聽證會了。
泰勒　是的！
拉比　你是奧本海默的老同事，證詞很重要！
泰勒　嗯。
費米　想好了嗎？
泰勒　嗯。
費米　沒想好，就不要去了？
泰勒　想好了。

費米略有所思。

費米　記得當年在舊金山海灣？
泰勒　舊金山海灣？
費米　你說要為我做任何事。

泰勒　記得。你救了我。
貝特　明天看你的了！
泰勒　嗯。

八十一、INT.美國國會聽證會　白天（1954年）

畫面D
法官　你是奧本海默的老同事！
泰勒　是的！
法官　你覺得奧本海默對美國是忠誠的嗎？
在聽眾席的貝特、拉比、費米和奧本海默的妻子期待著泰勒的回答。
泰勒　我認為奧本海默對美國的忠誠是不負責任的！
貝特、拉比、費米和奧本海默的妻子感到不可思議和震驚！
泰勒朝向在被審席的奧本海默。
泰勒　對不起。奧本！
奧本海默　我不知道到你在講什麼！

泰勒一步一拐地走出聽證會。

貝特，拉比，費米和奧本海默的妻子憤怒地看著泰勒。泰勒不敢正視。

走到門口時，泰勒回頭看了一下奧本海默。他萬萬沒有想到，他今天一時的法庭證詞，將給他帶來終身的遺憾。

拉比　　　這個世界，如果沒有泰勒的話，會好得多！

畫外音：原子彈之父和氫彈之父決裂了！

被告席的奧本海默被認為是科學界的良心。

而從此以後，在科學界，很長時間，泰勒被認為是科學界的叛徒。

八十二、INT.美國芝加哥某醫院　白天（1954年）

費米患癌症，在醫院治療。錢德拉塞卡在病床前和費米交談。費米累得睡著了。

錢德拉塞卡起身告別。

錢德拉塞卡在醫院走廊上遇到了楊振寧和蓋爾曼。

楊振寧　　　錢德拉塞卡教授。

蓋爾曼　錢德拉塞卡教授。

楊振寧　費米教授怎麼樣？

錢德拉塞卡　留給他的時間不多了！

楊振寧和蓋爾曼推開了費米的病房門，發現費米正在看一本與命運作頑強搏鬥的書。楊振寧和蓋爾曼被費米的精神深深打動。

楊振寧和蓋爾曼不敢正視費米。二人的眼睛充滿了淚水。費米累得閉著雙眼。楊振寧和蓋爾曼起身告別。

當楊振寧和蓋爾曼走到病房門時，費米忽然睜開雙眼，望著楊振寧和蓋爾曼。

費米　物理學就交給你們了！

八十三、EXT.美國南加州海灘　白天（1985年）

蓋茨和他的女朋友安．溫布萊德在海灘度假。蓋茨和安．溫布萊德一起閱讀紅色硬裝的費曼物理講義。

安．溫布萊德　什麼是「θ（舍他）-τ（濤）之謎」？

蓋茨　惱人的θ-τ之謎，這得從守恆談起。

人們在研究物理學中，總希望在不斷的運動和變換中找出其不變性，於是探索出我們在這本費曼物理講義中講得經典物理的守恆定律。

蓋茨　比如說，能量守恆，

安·溫布萊德　時間平移對稱性。

蓋茨　動量守恆，

安·溫布萊德　空間平移對稱性。

蓋茨　角動量守恆，

安·溫布萊德　空間旋轉對稱性。

蓋茨　將上述守恆和對稱性聯繫在一起的是諾特定理。

安·溫布萊德跳了起來。

安·溫布萊德　諾特？我知道。她是著名的女數學家。愛因斯坦稱讚她是數學史上最重要的女人。她善於透徹地洞察建立優雅的抽象概念，再將之漂亮地形式化。

蓋茨看著海灘上滿灘的美女，心想只有安·溫布萊德知道諾特和諾特守恆和對稱。

蓋茨　對！上述經典物理範圍內的守恆和對稱性相聯繫的諾特定理

後來經過推廣，在量子力學範圍內也成立。

安・溫布萊德　非常有趣！

蓋茨　在量子力學和粒子物理學中，又引入了一些新的內部自由度，認識了一些新的抽象空間的對稱性以及與之相應的守恆定律。物理定律的守恆性具有極其重要的意義，有了這些守恆定律，自然界的變化就呈現出一種簡單、和諧、對稱的關係，也就變得易於理解了。

蓋茨　事實上，宇稱守恆理論的確在幾乎所有的領域都得到了驗證——只除了弱力。我們知道，現代物理將物質間的相互作用力分為四種：引力、電磁力、強力和弱力。在強力、電磁力和引力作用的環境中，宇稱守恆理論都得到了很好的驗證：正如我們通常認為的那樣，粒子在這三種環境下表現出了絕對的、無條件的對稱。

蓋茨　在物理學家眼中，宇稱守恆如此合乎科學理想。於是，弱力環境中的宇稱守恆雖然未經驗證，也理所當然地被認為遵循宇稱守恆規律。

安・溫布萊德　那麼到底是「θ-τ之謎」？θ-τ就是科學家撞出來的兩個

基本粒子。怎麼個謎呢？親愛的，講簡單些？

蓋茨　好的，安！故事是這樣講的：一個天才的實驗物理學家，一天在海灘上發現了兩個小孩，一個叫θ，一個叫τ。於是將他們領養回家。在家兩個小孩很聽話，中規中矩。但一帶到具有弱力環境的實驗室，兩個小孩就不聽話了，不中規中矩，不遵循宇稱守恆規律了。「θ-τ之謎」就是θ-τ，在弱力環境下，不遵循宇稱守恆規律。

安‧溫布萊德　比喻得好！

蓋茨　「θ-τ之謎」是戰後科學家繞不過去的坎。

安‧溫布萊德　這物理學簡直她媽像偵探小說一樣。θ-τ之謎到底解決了沒有？

蓋茨　解決了。

安‧溫布萊德興奮地跳了起來。浴巾從身上掉下來，露出苗條的比基尼身材。

安‧溫布萊德　解決了？誰解決的？

蓋茨　楊振寧和李政道！

安‧溫布萊德　楊振寧和李政道？沒聽說過。

八十四、INT.美國新澤西州普林斯頓高等研究所　白天（1956年）

奧本海默作關於戰後物理學現狀的演講。

奧本海默　　戰後物理學的現狀是怎麼樣的呢？

量子力學和現代物理有一朵烏雲，如果不撥開這朵烏雲，量子力學和現代物理將面臨著一個新的危機。那麼，這朵烏雲是什麼呢？這就是已讓學者們困惑良久的「θ-τ之謎」。

奧本海默　　這就是量子力學和現代物理的一朵烏雲。

我們物理學家都在一間黑房子裡。

那麼誰來撥開這朵烏雲，開拓現代物理的先河？

八十五、INT.美國新澤西州普林斯頓高等研究所　白天（1956年）

泡利在深思。

電話鈴響了，泡利接起電話。

泡利　　我是泡利。

吳健雄　泡利教授，我是健雄。
泡利　健雄，我的中國的居禮夫人！
吳健雄　聽說你想瞭解 θ - τ 之謎的最新進展？
泡利　對！
吳健雄　理論方面，楊振寧和李政道似乎捷足先登。
泡利　想不到，又是這個楊振寧和李政道！實驗方面我就相信你！請你想法完成這個實驗！我就不相信上帝是一個左撇子！

八十六、INT.美國紐約上海餐館　白天（1956年）

上海餐館的老闆，陳師傅，笑臉迎來了楊振寧和李政道。

陳師傅　歡迎李教授和楊教授光臨。
陳師傅母親　小李子，小楊子，歡迎！
李政道　陳奶奶！
楊振寧　陳奶奶！
陳師傅　點什麼菜？

李政道　老樣子。

陳師傅　好的！

楊振寧和李政道在飯桌上激烈地討論著物理學的基本問題：宇稱守恆。

楊振寧　同一粒子只有同樣的宇稱；如果堅持宇稱守恆定律是不能動搖、不能懷疑的，那就必須承認 θ 和 τ 是兩種不同的粒子。

楊振寧　擺在我們面前的選擇是：要麼認為 θ 和 τ 粒子是不同的粒子，以拯救宇稱守恆定律；要麼承認 θ 和 τ 粒子是同一個粒子，而宇稱守恆定律在這種弱相互作用支配下的衰變中不守恆。

李政道　θ 和 τ 是完全相同的同一種粒子。

楊振寧　對！但在弱相互作用的環境中，它們的運動規律卻不一定完全相同。

蓋茨畫外音：楊振寧和李政道獲得突破的關鍵是，他們頓悟到，在宇稱的問題上，應該把強交互作用與弱交互作用分開來看，而宇稱守恆僅在強作用中成立，但在弱作用中失效。

李政道　通俗地說，這兩個相同的粒子如果互相照鏡子的話，它們的衰變方式在鏡子裡和鏡子外居然不一樣！

楊振寧 用科學語言來說，「θ和τ」粒子在弱相互作用下是宇稱不守恆的！

李政道和楊振寧擊手掌相慶，激動不已。

畫面轉到海灘：安．溫布萊德和蓋茨擊手掌相慶。

畫面轉回：窗外，一朵焰花緩緩升起，另一朵焰花緩緩升起。突然，兩朵焰花相撞，爆發出更強的火花。

李政道 我們可以建議實驗物理學家如何做這個實驗。

楊振寧 對！你我心中都知道誰是最佳人選。

李政道 好，讓我們一塊寫下最佳實驗物理學家的人選。

李政道望了一下陳師傅母親，後者會意的走過來。

李政道和楊振寧在小紙條上分別寫下了一人的名字。不約爾同地遞交給陳師傅的母親。

陳師傅的母親看了左手的小紙條，也念出聲來。

陳師傅母親 吳健雄！

陳師傅母親看了右手的小紙條，也念出聲來。

陳師傅母親　吳健雄！

李政道和楊振寧又擊掌相慶，為兩人的默契而由衷地高興。

李政道　陳師傅，再加一道菜！

陳師傅　好的！

陳師傅轉過身，對圍在桌邊的母親和眾夥計。

陳師傅　娘，好像是有重大發現。

陳師傅母親　真的！兒子，多做幾個菜！

陳師傅　好的，娘！θ和τ：舍塔和濤！兩道新菜！

陳師傅　李教授和楊教授，θ和τ：舍塔和濤！兩道新菜！

李政道和楊振寧納悶了一刻，頓時理悟地笑了。

陳師傅母親　小李子，小楊子，這頓飯算我的了！

興奮的李政道和楊振寧憨厚地笑了。

李政道　謝謝你，陳師母！

八十七、INT.美國物理評論雜誌社　白天（1955年）

近景

李政道楊振寧的論文《在弱作用中，宇稱是否守恆？》發表在《物理評論》。

印刷機張張地列印著論文。

八十八、INT.美國新澤西州普林斯頓高等研究所　白天（1955年）

奧本海默抽著煙斗，聚精回神地閱讀李政道楊振寧的論文《在弱作用中，宇稱是否守恆？》。

奧本海默

（自言自語）好一個楊李！捷足先登了！我當初沒看錯人！

八十九、INT.瑞士蘇黎世聯邦理工學院　白天（1955年）

泡利在閱讀李政道楊振寧的論文《在弱作用中，宇稱是否守恆？》。

泡利

（自言自語）不可思議！

九十、INT.美國加州理工學院　白天（1955年）

費曼和蓋爾曼在閱讀李政道楊振寧的論文《在弱作用中，宇稱是否守恆？》。

費曼　楊李走在我們之前了！

蓋爾曼　（不甘心地）我看未必。最後還要實驗證明。

費曼　對！任何革命性的理論都要靠實驗來證明。愛因斯坦的光是彎曲的理論也是愛丁頓證實的！

蓋爾曼　等一等，我看這篇文章有錯誤。

費曼　很精彩的一篇文章！我看不出有什麼錯！

蓋爾曼　那我一人跟楊李寫信，指出他們的錯！

費曼　你確定？楊李不僅是我們的競爭對手，而且是罕見的天才。

九十一、INT.美國哥倫比亞大學　白天（1957年）

吳健雄，李政道和拉比舉行記者招待會。

拉比　歡迎各位到哥大物理系。我們今天有一個重大的宣佈。

拉比轉向吳健雄。

拉比　　吳教授。
吳健雄　　我們團隊的實驗證明：在弱力條件下，宇稱是不守恆的！
眾記者紛紛提問。
記者甲　　吳教授！吳教授！
記者乙　　吳教授！吳教授！

九十二、INT.美國紐約上海餐館　白天（1957年）

報童　　號外，號外，中國人贏了諾貝爾獎！
陳師傅　　來上海餐館，吃中國餐，贏諾貝爾獎！
字幕：李政道和楊振寧獲1957年諾貝爾物理獎。

九十三、INT.美國楊振寧家　白天（1961年）

楊振寧和妻子杜致禮看電視。
電視正在放甘迺迪就職大典。羅伯特·弗羅斯特應甘迺迪的邀請上臺朗誦他的一首詩《徹底的禮物》（The Gift outright）。

羅伯特．弗羅斯特　佔有我們尚不為之佔有的，

被已不再佔有的所佔有。

我們所保留的使我們虛弱，

直到發現正是我們自已。

我們拒絕給與我們生活的土地，

於是在投降中得到了新生。

楊振寧深情地望著妻子，站起來走到窗前，望著窗外的大海。

火紅的太陽徐徐地落入海中。夕陽將整個大海和窗外染的通紅。

妻子杜致禮走到楊振寧身旁。兩人一起沉浸在弗羅斯特的詩的詩意中。

忽然，弗羅斯特的詩尾觸動了楊振寧。

楊振寧（朗誦著）　我們拒絕給與我們生活的土地，於是在投降中得到了新生。

楊振寧轉身對著妻子。

楊振寧　我們入籍美國吧？

杜致禮　我聽你的。

九十四、INT./EXT.美國芝加哥　白天（1965年）

芝加哥鬧市一片繁忙。

錢德拉塞卡在芝加哥鬧市走著。

忽然，一本在報攤上的的紐約雜誌封面，展示了一張人爬梯子的攝影作品，吸引了錢德拉塞卡的注意。他拿起雜誌，看了又看，決定買了一份。

錢德拉塞卡回到辦公室，給紐約雜誌社寫了一封信。

九十五、INT.美國紐約雜誌社　白天（1965年）

攝影師和錢德拉塞卡在打電話。

攝影師　我是一人爬梯子的紐約雜誌封面的攝影師。

錢德拉塞卡　我很喜歡這一期的封面，能否獲得一份攝影作品影本。

攝影師　當然，你可以有一份，甚至是原件。

錢德拉塞卡　真的？非常慷慨！

攝影師　但是，有一個條件：如果你在意告訴我你為什麼要它？

錢德拉塞卡　好。

錢德拉塞卡沉思了片刻。

錢德拉塞卡　讓我印象深刻的是你的照片非常引人注目，直觀地描繪一個人對自已成就的內心感受：一個人爬在了梯子的半途，但是人所看到的和渴望的建築結構的閃光頂點，即使人爬到梯子的頂部，也完全觸不可及。人們所渴望的爬到梯子的頂部，也完全無法達到的。實現目標的絕對不可能性通過影子得到更一部的首肯：影子給予一個人的立場感甚至更低。你無論爬高，影子總比你更低。

畫面漸漸放大掛在錢德拉塞卡辦公室的照片：人對個人的認知（在梯子上的人）

錢德拉塞卡　這就是人類追求知識的真實的寫照：成功，挫折和有限性。

賈伯斯話外音：

賈伯斯　錢德拉塞卡是學者中的學者。由於他的導師愛丁頓的屈待，錢德拉塞卡比他的學生楊振寧李政道要晚整整三十年才拿到諾貝爾物理獎。

九十六、INT.瑞典斯德哥爾摩　晚上（1957年）

楊振寧　馬上要頒獎了，能不能將我的名字放在前面？

李政道　為什麼？

楊振寧　因為我比你年長幾歲。

李政道　那好吧。

楊振寧　能不能讓杜致禮的座位也改一下，讓她跟瑞典皇后坐一起。

李政道感到驚訝。

九十七、INT.美國紐約上海餐館　晚上（1965年）

上海餐館的老闆，陳師傅笑臉迎來了楊振寧和李政道。

陳師傅　歡迎李教授和楊教授光臨。

陳師傅母親　小李子，小楊子，歡迎！

陳師傅　點什麼菜？

楊振寧　等等。

陳師傅　好的！

楊振寧　這篇既將發表在紐約客的文章，你看了沒有？

李政道　看了。你呢？

楊振寧　我也看了，但看後覺得不舒服，畫紅線的幾處，我認為應該更改。

李政道接過文章的初稿，看到了紅線處。

李政道　（驚訝地）歸根到底，又是排名問題。

楊振寧　對。

李政道　從professional（職業）的角度來看，我覺得沒問題。

楊振寧　這就是問題所在，我們的關係已超出了professional（職業）的關係。

楊振寧邊講邊激動起來。

楊振寧　我們的關係像親兄弟一樣。從芝加哥時代起，我就象兄長一樣待你。

李政道　所以，我就要像弟弟一樣聽你的？

楊振寧　不，恰恰相反。我像哥哥一樣待你，不斷提攜你。按中國的傳統，兄名先於弟，是再正常不過的了。但重要的文章，我

李政道　刻意將你的名置於我之前。是想提攜你。但你卻不領情，不講情，像一個不懂事的人。

楊振寧　我不懂事？

李政道　對！我越來越感覺你不懂事，這也越來越引我不安。

楊振寧　我們生活在美國，而不在中國。用中國的傳統來約束我們的關係，合適嗎？

李政道　別忘了，你剛來美時，我教了你許多。我實際上是你的導師。

楊振寧　（抗議）不，偉大的費米才是我的導師。你配嗎？

李政道　那你在費米病重時，你為什麼不去看他？

楊振寧　（驚訝而突然）嗯？

李政道　對！在偉大的費米面前，我們都不配！

楊振寧想起了費米，不想再爭論下去。但一時忍不住。

楊振寧　是偉大的費米先教會了我再教你的！

李政道　笑話！你完全忽視了我們合作的平等關係。

楊振寧　別忘了，平等的開始是不平等的。

李政道　好吧，為了平等的結束是平等的，

李政道咬了一下嘴唇。

李政道　我們終止合作吧？

楊振寧　好吧！

李政道和楊振寧走出上海餐館，一人向左，一人向右，沿著百老匯大道分道揚鑣！

陳師傅和陳師傅母親衝出餐館，流著眼淚。

陳師傅　李教授！楊教授！

陳師傅母親　小李子！小楊子！

陳師傅母親流著眼淚喊道。眾餐館工人和顧客皆悲喪。

鏡頭推出上海餐館廣告：

吃中餐，贏諾貝爾獎！

頭推出主題畫面和鏡主題音樂：

周瑜和諸葛亮拱手作揖告別，相互轉身後分道揚鑣。一輪紅日冉冉西下，血一般的夕陽灑在長長的路上，將二人構成惜別的剪影：一人走向東，回到他的吳國。一人走向西，回到他的蜀國。

忽然間，周瑜回頭。

周瑜　（仰天長嘯）　既生喻，何生亮？-IfYu，WhyLiang?

畫面響起主題曲：

男聲　恰似兩座最高的山峰，
有了你才能測量我的高度。
恰似兩顆最亮的星星
有了你才能相映生輝！
恰似兩個最知心的朋友
有了你不再孤獨！
既生喻，何生亮！
這銘心的亮瑜情結？

女聲

第三章

九十八、NT.美國普林斯頓高等研究院　白天（1965年）

奧本海默和戴森在交談。

戴森　　楊振寧和李政道決裂了。

奧本海默　李政道應該不要再做高能物理，而楊振寧應該去看看精神醫生。

戴森　　看看精神醫生？是啊！天才都有精神病！天才都是精神病！

奧本海默　精彩！接著講。

戴森　　楊振寧和李政道，施溫格，蓋爾曼，費曼 都是罕見的天才。

奧本海默　但楊振寧，李政道，施溫格，蓋爾曼 都是書生氣的天才，君子般的天才！

戴森　　那費曼呢？

奧本海默　費曼是混蛋般的天才，混世魔王般的天才！

戴森　你講出了楊振寧李政道的決裂的真諦：這個物理的學術世界，只有愛因斯坦才有安全感！

奧本海默　楊振寧李政道是一個傳奇，但卻沒有成為傳奇！

鏡頭推出賈伯斯和蓋茨。

賈伯斯　歷史學家們，奧本海默精闢地道出了楊振寧和李政道決裂的必然！

九十九、EXT.美國普林斯頓高等研究院　白天（1965年）

奧本海默和楊振寧在普林斯頓高等研究院的小橋流水，曲徑通幽處散步。

奧本海默　你和李政道徹底決裂了？

楊振寧　對。

奧本海默　可以告訴我什麼原因？

楊振寧　一言難盡。

奧本海默　那就不用說了。

奧本海默　不過，我要提醒的是你和李政道的合作，是整個物理學的佳話。你們那麼多合作的高產成果，是物理學的幸運，整個物理學界為你們羨慕和忌妒。

楊振寧　當名譽榮耀不期而至時，我們二人都沒有處理好。特別是我沒有準備好。

奧本海默　你能擔當，這很好。

奧本海默的深藍色的眼睛盯著楊振寧。

奧本海默　振寧，你一定知道馬克思和恩格斯的故事？

楊振寧　知道。

奧本海默　馬克思和恩格斯的友誼和合作是歷史的佳話。恩格斯在馬克思的墓前演說中說到：馬克思一生有很多敵人，但沒有一個私敵！

楊振寧　那是一篇動人和傳奇的演說！

奧本海默望著楊振寧，沉默少許，繼續向前慢走。

突然，奧本海默轉過身，左手扶著楊振寧的右肩，右手握拳輕輕地擊打著楊振寧的左胸肩。

奥本海默　但願你和李政道不要成為私敵！

楊振寧一臉惆悵和委曲，不知如何回答。

一〇〇、EXT.美國普林斯頓高等研究院　白天（1965年）

奥本海默和楊振寧在普林斯頓高等研究院的草地上散步。

奥本海默　我打算退休了。

楊振寧　（驚訝地）喔？

奥本海默　我想了許久，決定向董事會推薦你為我的繼任。在這之前，我想聽聽你的意見。

楊振寧　（更驚訝地）太意外了，容我仔細想想。

奥本海默　好的。但不可久想。

楊振寧開始認真思考這個重要的決定。他感到既榮幸又沉重，因為接替奥本海默的職位將是個重大的責任。他們繼續在草地上散步，伴隨著微風拂過，一股寧靜的氛圍彌漫。

一〇一、INT.美國普林斯頓高等研究院　白天（1965年）

楊振寧走進奧本海默辦公室，發現奧本海默的椅子空著，他不在辦公桌前。奧本海默常戴的禮帽放在桌上，給辦公室增添了一份獨特的氛圍。

楊振寧心中一動，感到一絲落寞。他靜靜地站在辦公室裡，思索著眼前的場景。突然，他聽到背後傳來聲音，原來是奧本海默。

奧本海默　想好了嗎？

奧本海默走進辦公室，把手搭在楊振寧肩上。楊振寧感受到肩上的份量，轉過身面對著奧本海默。

楊振寧　想好了。

奧本海默　（期待地）好！

楊振寧再轉過身子，面對著諾大的辦公室桌和空著的辦公椅。

楊振寧　你這把當今世界物理學的第一把交椅，我坐不起啊！

奧本海默和楊振寧一同開懷地笑了，輕鬆了場氛圍。

奧本海默冷靜下來，認真地說道。

奧本海默　你這個決定是明智的。

楊振寧微微一笑，感激地看著奧本海默。

一〇二、INT./EXT.加拿大溫哥華　白天（1961年）

狄拉克和妻子乘坐的輪船到達溫哥華碼頭。狄拉克從日本講學後來到溫哥華繼續講學。

狄拉克和妻子緩慢地登上碼頭。但突然狄拉克感到頭暈，他倒在妻子的懷裡。緊急救護車呼嘯著將狄拉克和妻子送往醫院。

狄拉克躺在病床上，昏迷了一段時間。妻子坐在床邊守候著。終於，狄拉克慢慢甦醒了。

狄拉克妻子
（很高興）狄拉克！

狄拉克睜開眼睛，微笑著回應妻子。

狄拉克
我要見一個人。

狄拉克妻子
我的哥哥，維格納？

狄拉克
不，我要見奧本海默。

一〇三、INT./EXT.加拿大溫哥華　白天（1961年）

狄拉克躺在病床上。妻子在床邊守候。

奧本海默來看望狄拉克。

狄拉克緊緊握住奧本海默的手。奧本海默和狄拉克的雙眼都濕潤了。

兩人不約而同地回憶起他們的在劍橋和哥廷根的情景。

閃回（Flashback）

劍橋

狄拉克　你應去當今物理的前沿去學習，你的博士論文應是最前沿的課題。

奧本海默　世界如此之大，何處是前沿？

狄拉克　去德國的哥廷根，去找玻恩教授！

狄拉克　我不明白為什麼你奧本海默既能從事物理，又能寫詩！

奧本海默　為什麼不能？

狄拉克　在科學研究上，你要用每一個人能理解的語言，去描寫沒有一個人知道的事情。在詩歌創作上，你要用沒一個人能理解的語言，去描寫所有人都知道的事情。

奧本海默　做科學和做詩歌有一個共同點：美！

狄拉克　精彩！我堅信，物理的數學方程式之美，像詩之美，是物理科學的最高形式。

返回景

狄拉克起身從床上坐起。

奧本海默　我們都老了！

狄拉克　人書俱老！

狄拉克　時間飛逝，我在劍橋當教書匠，而你卻經歷了史詩般的驚天動地的歷史進程。

奧本海默大笑。

奧本海默　教書匠？哪有這樣的教書匠？你是世界第一學府的著名的盧卡斯講坐教授，只有牛頓坐過的第一把交椅！

輪到狄拉克大笑。

奧本海默　我在普林斯頓全盛的時候，曾向劍橋要人，請你來和愛因斯坦共事，讓普林斯頓擁有世界第一和第二的物理學家。

狄拉克 （好奇地）後來呢？

奧本海默 劍橋不放人！劍橋的校長跟我講：要狄拉克嘛，除非拿愛因斯坦跟我交換！

二人開懷大笑。

狄拉克 愛因斯坦有三篇文章，無論哪個著名的科學家窮奇一生的文章，都換不了他其中一篇文章。

奧本海默 你的這個理論是普適的。不過有一個例外。

狄拉克 哪一個？

奧本海默 狄拉克方程！

狄拉克陷入著名的狄拉克沉思狀態。

狄拉克 奧本，在愛因斯坦和玻爾的那場論戰中，我知道我們量子力學的年輕人都站在玻爾一邊。

奧本海默點點頭。

狄拉克 但是，愛因斯坦所走的道路，只有愛因斯坦才能走出！他沒有從名校畢業，沒有名師指導，畢業後，諾大的歐州學術界，找不到一份工作。更談不上正常的研究環境。但就是這個愛因斯坦，作為一個伯尼爾專利局的小小的專利員，寫下了那三篇劃時代的文章。

奧本海默接過話題。

奧本海默

愛因斯坦專注思考，他的思考實驗室的力量和愛因斯坦人格的魅力，是無與倫比的！

奧本海默

狄拉克，你一定想知道我最後一次見到愛因斯坦的情景。

狄拉克點了點頭。

奧本海默握著狄拉克的手，向他講了奧本海默最後一次見到愛因斯坦的一幕。

閃回（Flashback）

一〇四、INT./EXT.美國新澤西州普林斯頓　白天（1954年）

奧本海默和妻子走在愛因斯坦的家門前，拾階而上。

愛因斯坦的助手打開門，歡迎奧本海默和妻子進屋。

奧本海默走到愛因斯坦的書房前，突然停住。他被眼前的一幕觸動了：

愛因斯坦仰望著天上，念念有神。

愛因斯坦　我信仰斯賓諾莎的上帝，那就是自然，他顯示於存在事物的有秩序的和諧中。

愛因斯坦的目光轉向牆上掛著的牛頓和麥克斯韋的照。愛因斯坦凝視著牛頓的雙眼，彷彿兩雙眼睛的對視穿越了時空。

愛因斯坦滿臉褶皺，頃刻間老淚縱橫。

忽然，愛因斯坦跪了下來，兩手合起，捧著頭。

愛因斯坦　牛頓啊，你所發現的道路，在你那個時代，是你所能走的唯一道路。

愛因斯坦　牛頓啊，請原諒我吧！

一〇五、INT.美國新澤西州普林斯頓高等研究所奧本海默家　白天（1967年）

奧本海默病重。

奧本海默的伯克萊的學生們在家中來看他。

羅勃特舍貝爾　奧本，你跟我們講的故事還沒講完呢？

奧本海默　什麼故事？

羅勃特舍貝爾　二戰爆發的那一天？在你家？

奧本海默　哦！

羅勃特舍貝爾　你回美國時，泡利在碼頭上送給你的紙條是什麼？

奧本海默睜大雙眼，從床上掙扎著坐起來。

閃回（flashback）

一〇六、EXT.歐洲某海港　白天（1926年）

泡利在碼頭送別奧本海默回美國。

突然，泡利話鋒一轉，講了一句經典的泡利名言。

泡利　量子力學就像一個絕美的女人。海森堡是她的第一個男人。波爾和玻恩是她的教父教母，我是她的小三。儘管薛定諤是她的最愛，狄拉克成了她的丈夫。

奧本海默　精彩！精彩！太絕了！

泡利　不過，有一樣東西更為重要。

奧本海默　什麼東西？

泡利從口袋裡拿出一個小信封。遞給奧本海默。

泡利　上船後再看。

奧本海默緊緊握著泡利的手告別。

奧本海默登上了船。

奧本海默放下行李。從口袋裡掏出信封，從中拿出一紙張。

鏡頭拉近

紙張上寫著：火種

奧本海默走上甲板，朝著泡利招手。泡利招手告別。

輪船一聲鳴笛，緩緩離去。

Back To 奧本海默家

一〇七、INT.美國新澤西州普林斯頓高等研究所奧本海默家　白天（1967年）

羅勃特舍貝爾和奧本海默的伯克萊的學生們圍在奧本海默床前。

羅勃特舍貝爾　火種！

奧本海默　對！

羅勃特舍貝爾　我明白泡利了！你是美國的普羅米修斯！你為美國的物理和科學帶來火種！

奧本海默欣慰地笑了。

奧本海默　照顧好師母！

羅勃特舍貝爾　好的，請放心！

羅勃特舍貝爾淚流滿面。

一〇八、EXT.普林斯頓高等研究所　白天（1967年）

雨不停地下著。河水不停地流著。雨水落在河中，打出一串串波紋。波紋傳播遠處，一紅色的荷花在雨水中盛開。

牧師在念著悼詞。

牧師　我們全都受益不淺，全世界都聆聽他的教誨。

眾科學家打傘在歐本海默墓地送歐本海默最後一程。

格羅夫斯將軍，楊振寧，李政道，費曼，蓋爾曼，貝特，拉比打傘追憶，眼中充滿了淚花。

遠處，泰勒一人打傘，孤獨地站立著。

忽然，一聲巨大的電閃雷鳴，仿佛將泰勒和眾科學家劈開成兩個世界。

楊振寧，李政道撐著傘，不約而同地來安撫泰勒。

眾科學家分別到奧本海默墓前留言。

拉比　奧本海默是和愛因斯坦，甘地齊名的偉大人物。我最好的朋友，安息吧！

漢斯．貝特　真是一位良師益友，良師益友啊！

格羅夫斯將軍　奧本海默不僅僅是一位傑出的科學家和卓越的領導者。他是一位罕見的全才！他是美國的良心。奧本海默是美國的普羅米修斯（Prometheus）！

鏡頭推出

普羅米修斯從希臘最高的一座山奧林匹斯山借火種。

宙斯禁止人類用火，普羅米修斯看到人類生活的困苦，幫人類從希臘最高的一座山奧林匹斯山偷取了火，因此觸怒宙斯。宙斯將他鎖在高加索山的懸崖上。

鏡頭返回

墓前立碑儀式結束。司機們引導眾人上車。

楊振寧，蓋爾曼，李政道被引導到一輛車的後坐。蓋爾曼坐在楊振寧和李政道中間。

費曼被引導到同一輛車的前坐。新一代四位最優秀的世界級物理學家難得地坐在同一輛車上。

車緩緩開動。也許受到剛才墓前立碑儀式情緒的影響，大家都沒講話。

終於，蓋爾曼忍不住。

蓋爾曼　美國物理學從此群龍無首。

費曼回頭看了一下後座，又最後看了一眼奧本海默的墓前碑。自言自語地丟了一句話。

費曼　這個沒有奧本海默的物理學世界，該多麼無聊！

一〇九、EXT.美國加州帕拉阿托小鎮 UNIVERSITY AVE 白天（2011年）

賈伯斯和蓋茨繼續在帕拉阿托小鎮漫步著。

賈伯斯　我的英雄走了！比爾，你的英雄是誰？

蓋茨　費曼！

賈伯斯　費曼？奧本海默手下的洛斯阿拉莫斯最聰明的物理學家費曼？

蓋茨　對！費曼是我的英雄！

一一〇、INT.美國加州阿爾．塞克爾家 白天（1967年）

幻覺大師阿爾．塞克爾在家中請費曼、蓋爾曼、客人甲和客人乙吃晚飯。

費曼　我收到一個女士的電話，她闡述了一個荒謬至極的電磁理論，我想盡辦法都不能讓她掛電話。

蓋爾曼　哦，我想起來了，她給我也打過電話，不過我沒用半分鐘就把她搞定了。

費曼無話可答。

費曼　你是怎麼做到的？

蓋爾曼　我只是說，你最好去找費曼，他是我們這個領域的頂極專家。

塞克爾　上週末，你去看鳥了？

費曼　對！我小時候，父親培養了我這一愛好。並且教會了我如何觀察事物和提出問題。

塞克爾　了不起！你有沒有見到特別漂亮的金絲鳥？

費曼　見到了。

蓋爾曼　那不是金絲鳥，那是狗不理。金絲鳥只有在非洲才有。

費曼無話可答。

客人甲　阿爾，你是幻覺大師，怎麼跟物理大師談得來？

費曼　因為物理學家也是幻覺大師。

客人甲　怎麼講？

塞克爾　比如費曼圖。

客人甲　費曼圖與幻覺有什麼關係？

塞克爾　幻覺是利用光的運動軌跡，費曼圖講的是光的運動規律。

客人甲　原來如此！

客人甲　除了光以外，幻覺大師，怎麼跟物理大師談得來？

蓋爾曼　Pleonasm!

塞克爾　什麼？

費曼　什麼？

蓋爾曼　Pleonasm!

客人甲　這是英文？

塞克爾　從來沒聽過！

費曼　什麼意思？

蓋爾曼向來以其文縐縐的用詞著稱。

蓋爾曼　重複，冗餘。剛才那個句子至少有三倍的冗餘度。

一一一、INT.美國加州理工學院圖書館　白天（1967年）

費曼，阿爾塞克爾和客人甲在圖書館查字典。

費曼　Pleonasm.

塞克爾　贅言，冗言，冗語，重複字。

費曼一拳捶在桌子上。

賈曼　媽的！這傢伙總是對的，總是的！

塞克爾　蓋爾曼總是對的！

賈曼　我有一計，可以搞定蓋爾曼！

塞克爾和客人甲彎身低聲聽費曼授計。

漂亮的女圖書館員在遠處好奇地望著。

一一二、INT.美國加州阿爾塞克爾家　白天（1967年）

塞克爾在家中請費曼、蓋爾曼、客人甲和客人乙吃晚飯。

客人甲　塞克爾，談談你的魔法？

塞克爾　好！蓋爾曼博大精深，先聽聽他的。

蓋爾曼　你們知道詹姆斯一世在1623年寫的《莫萊斯莫勒菲》嗎？

塞克爾　不對，蓋爾曼，《莫萊斯莫勒菲》是斯普紆格爾和科莫爾在1486年寫的，詹姆斯一世在1597年寫的是鬼神研究。

塞克爾權威地說。

蓋爾曼很驚訝。

蓋爾曼

是麼？

費曼臉上開始浮現出滿意的笑容。誰對還得進一步地證明。

蓋爾曼

是嗎？你真能確定？

塞克爾翻開他的魔法百科全書，查到了書名、作者和日期。

費曼已經狂笑得掉到了桌子下面，同時還在模仿小號的聲音和天使的歌聲！

費曼

我不會讓你忘記這件事的，默裡．蓋爾曼！

只有塞克爾和費曼知道，默裡．蓋爾曼被設計上了圈套。

蓋爾曼一臉困惑。

一一三、INT.美國加州理工學院圖書館　白天（1967年）

蓋爾曼在圖書館查字典。

女圖書館員

蓋爾曼教授，怎麼最近，物理系的教授都對文學感興趣？

蓋爾曼　　怎麼講？

圖書館員　　費曼教授和塞克爾先生昨天也來查魔法百科全書。

蓋爾曼很驚訝。

蓋爾曼　　啊？

蓋爾曼搬著魔法百科全書，氣憤地砸在費曼坐的圖書館的桌子上。

費曼　　你是無所不知的全才啊！

蓋爾曼　　你也不那麼完美！

費曼　　不完美才有力量！

費曼一拳擊在蓋爾曼的肩前，兩人都笑樂了。

一一四、INT.美國加州帕薩迪納大腿舞廳　晚上（1969年）

漂亮的長腿舞女在舞臺上優美地跳著大腿舞。

費曼在酒吧旁喝著酒，邊欣賞著大腿舞，邊批閱著作業。

舞女A　　費曼教授，請你幫我理解你的費曼圖？

費曼　　（吃驚地）你怎麼知道我和我的費曼圖？

舞女Ａ　這不重要。
費曼　要理解費曼圖你必須懂量子力學。
舞女Ａ　那要多長時間？
費曼　一個學期。
舞女Ａ　得了吧！
費曼　不過，我一個晚上就可搞定。
舞女Ａ　真的？費曼教授，可不可以先在我的左腿上畫一張費曼圖？
舞女伸出左腿。
費曼　為什麼是左腿？
舞女Ａ　右腿留著給蓋爾曼教授畫他的誇克圖。
費曼大笑不止，捧腹衝向一桌面。
費曼睜開眼睛，桌上躺著一本時代週刊。週刊的封面上是費曼和蓋爾曼。
舞女Ａ在圓舞臺上盡情地跳著，左腿上的費曼圖在燈光照射下熠熠生光。
鏡頭推出：
當地報紙頭版新聞：

加州理工學院諾貝爾獎物理教授費曼邊看大腿舞邊批閱作業。

畫面推出：

報紙被扔在桌上，蓋爾曼生氣地錘著桌子。

蓋爾曼　這個費曼！只有費曼！

一一五、INT.英國伊頓公學　白天（1978年）

18歲的斯蒂芬·沃爾夫拉姆在伊頓公學的宿舍裡，拿著兩份研究生錄取通知書。

一份來自普林斯頓大學，一份來自加州理工學院。

斯蒂芬·沃爾夫拉姆正琢磨著去哪一個。電話鈴響了。

斯蒂芬·沃爾夫拉姆拿起了電話。電話的另一方是蓋爾曼。

蓋爾曼　我是默裡·蓋爾曼。

斯蒂芬沃爾夫拉姆　你好，蓋爾曼教授。久仰大名。

蓋爾曼　你好，少年物理學家。來加州理工學院吧！

斯蒂芬沃爾夫拉姆　來加州理工學院？因為有你？

蓋爾曼　對！不僅有我，還有費曼！

斯蒂芬沃爾夫拉姆　費曼也在加州理工學院？

蓋爾曼　對！就在我隔壁的辦公室！有那傢伙在，你不會感到無聊的！

一一六、INT.美國帕薩迪納加州理工學院物理系　白天（1979年）

斯蒂芬・沃爾夫拉姆在蓋爾曼的辦公室。

斯蒂芬・沃爾夫拉姆　這個貝塔函數是什麼含義？

蓋爾曼　（慢不經心地）我不在意它是什麼？

斯蒂芬・沃爾夫拉姆　量子力學的貝塔函數不是你發明的嗎？

蓋爾曼頓時來了勁，而且充滿了魅力。

蓋爾曼　你指的是g乘psi函數？當然，我在乎！對的，那是我發明的！

斯蒂芬・沃爾夫拉姆一臉驚訝，不知所措。

蓋爾曼　走，開車帶你到帕薩迪納看看！

斯蒂芬沃爾夫拉姆　好的！

蓋爾曼　對了，把費曼叫上。

蓋爾曼和斯蒂芬沃爾夫拉姆來到費曼的辦公室。費曼的辦公室和蓋爾曼的辦公室一樣大，中間只隔了一個小的秘書辦公室。

蓋爾曼　迪克，這是從英國來的少年物理學家。

費曼和斯蒂芬沃爾夫拉姆握手。

斯蒂芬・沃爾夫拉姆　久様大名！費曼教授！

費曼　歡迎，歡迎！你來對了地方，但來錯了時間！

斯蒂芬沃爾夫拉姆　（驚訝地）怎麼講？

費曼畢竟是費曼。

費曼　物理學的肥肉，都被四個人在過去的二十年一口一口地吃光了。剩下的都是硬骨頭了！

斯蒂芬沃爾夫拉姆　哪四個人？

費曼　蓋爾曼！

蓋爾曼　費曼！

斯蒂芬・沃爾夫拉姆　還有兩人呢？

費曼和蓋爾曼不約而同地說出了這兩人的名字。

費曼和蓋爾曼　楊振寧和李政道！

費曼　別嚇著！聰明人自有辦法！

蓋爾曼　走，我們帶斯蒂芬看看帕薩迪納！

費曼　好的！

斯蒂芬·沃爾夫拉姆　物理學的盛宴已過？

費曼沒有直接回答。費曼伸出右手，搭在斯蒂芬沃爾夫拉姆的左肩上。

費曼　斯蒂芬，你可知我們倆都娶了個英國夫人。等會把她們叫上，一起吃晚餐，為你這個英國來的少年物理學家接風！

蓋爾曼　帕薩迪納的盛宴正酣！

斯蒂芬·沃爾夫拉姆放鬆地笑了。

賈伯斯畫外音：斯蒂芬·沃爾夫拉姆只用了一年時間就拿到加州理工學院的物理博士學位。那年才二十歲。

一一七、EXT.美國佛羅裡達NASA 甘迺迪發射中心　白天（1986年）

在美國挑戰號的發射現場，雷根總統和民眾一同觀看著歷史性的時刻。

七名太空人揮手告別地球，進入美國挑戰號太空船。

發射中心指揮五……四……三……二……一！

美國挑戰號太空船一躍衝天，向著星空騰飛！

五秒鐘後，美國挑戰號在空中爆炸！七名太空人夢墜空中。

雷根總統和民眾目睹這一幕，難以置信，心如刀割，淚水在眼眶中湧動。

雷根總統和民眾　　Oh，No!No!

他們無法接受這突如其來的災難，悲痛的情緒籠罩著現場，整個國家也為之震驚和悲傷。

一一八、INT.美國白宮橢圓辦公室　白天（1986年）

在美國白宮橢圓辦公室，雷根總統向全美發表了一份關於挑戰者號災難的演說，表達了他對這場災難的深切悲痛和對七名太空人的敬意。

雷根總統引用小約翰・吉列斯比・麥基的一首詩〈高高飛翔〉（High Flight）作為結尾。

雷根總統

我們永遠緬懷他們，我們不會忘記今晨最後看到他們的情景。他們整裝待發，向我們揮手致意，然後脫離了大地執拗的束縛飛上天際，親近上帝慈愛的面容。

他表達出對七名太空人英勇精神的敬佩和對他們壯麗追求的讚美。

雷根總統

我們一定要找出悲劇的原因！我們一定會！

他鄭重承諾要徹查挑戰者號災難的原因，確保這樣的悲劇不再重演，以保護航太事業和宇航員的安全。他對挑戰者號災難的反思和調查，成為了未來美國航太事業發展的重要轉捩點，同時也是對七名英勇太空人的最後致敬。

一一九、EXT.美國加州費曼家　白天（1986年）

電話鈴正在急促地響著。

費曼的第二任妻子格溫妮絲接電話。

格溫妮絲

親愛的你的電話。

費曼接過電話，給了格溫妮絲一吻。

費曼　我是費曼。

威廉·格拉漢姆　我是美國國家航空航天局的局長。我曾是你在加州理工學院的學生。我正式邀請你參加調查挑戰號的總統調查特別小組。

費曼　調查工作地點在哪裡？

威廉·格拉漢姆　在首都華盛頓。

費曼　我有個原則，就是離華盛頓越遠越好。

威廉·格拉漢姆　為什麼？

費曼　官僚和無聊。我可不想我的傳記像奧本海默一樣，幾乎一半時間跟FBI和法官打交道。

威廉·格拉漢姆　太誇張了！

威廉·格拉漢姆　費曼教授，美國需要你！雷根總統需要你！我相信，只有你才能找到挑戰號空中爆炸的根源！

費曼　容我想想！

費曼掛了電話。格溫妮絲走了過來。把手搭在費曼肩上。

格溫妮絲　這還要想？

費曼　為什麼不想？任何人都能去做，他們能找到其他人。

格溫妮絲　不！別人不行。只有你費曼能很快地找到挑戰號空中爆炸的根源。

格溫妮絲錘打著桌子。

格溫妮絲　只有費曼！只有費曼！

一二〇、INT.美國首都華盛頓新聞發佈會　白天（1986年）

總統調查特別小組發表記者新聞發佈會。

費曼在挑戰號總統調查特別小組新聞發佈會上變魔術。

主持人　下面請總統調查特別小組成員，諾貝爾物理獎獲得者費曼教授講小組調查結果：挑戰號空中爆炸的根源！

費曼將材料浸泡在一杯冰水之後，展示了O型環如何在低溫下失去韌性而喪失密封的功能。

費曼　我手裡拿著的這個玩意，是我從你們用作密封的東西中找出來的。我將它放進冰水中，然後我發現當你往上施加一會兒壓力再鬆開後，它就不會還原了，而保留著原來的形狀。換句話說，在32度（華氏溫標）時，至少在幾秒或者更多的時間內，這個材料沒有一點彈性。結論是低溫下O型環失去韌性而喪失密封的功能。

眾記者雀躍。

記者甲給總部打電話。

記者甲　費曼發現了挑戰號失事的原因。

記者乙　是O型環！O Ring!是根源。

畫面推出：

記者丙　諾貝爾物理獎獲得者費曼查出的！

蓋爾曼平靜地關電視。

蓋爾曼　（自歎不如）他搞定了！只有費曼！只有費曼！

一二二、INT.美國加州理工學院 白天（1988年）

紐約時報頭版新聞：諾貝爾物理獎獲得者費曼教授去世。

加州理工學院地教學大樓上懸著學生們掛出的旗幟：

我們愛你：理查．費曼！

費曼女兒米雪爾走在加州理工學院校園，望著學生們掛出的旗幟，心裡暖暖的。

馬勒第五交響曲迴響在加州理工學院小禮堂。

費曼微笑瀟灑的巨幅肖像莊重地掛在禮堂的舞臺上。

費曼追思會正如期進行。美國加州理工學院的教授和學生代表擠滿了會場。

第一排放有蓋爾曼名牌的座位上空著。

眾人四處張望，低頭接耳。

教授甲　　蓋爾曼在哪裡？

教授乙　　蓋爾曼在地球的哪裡？

一二二、EXT.美國聖達菲研究院　白天（1988年）

聖塔菲研究所的走廊裡靜悄悄。牆上的畫上表明這裡是研究複雜性和簡單性的中心。高原的太陽透過巨大的玻璃門窗，照射進來，將人們引進小禮堂。

小禮堂裡坐無空席。巨大的投影頻幕上顯示著演講標題：

適應性造就複雜性：從簡單到複雜的演變。

蓋爾曼正在作主題演講。

演講結束，眾人報以熱烈掌聲。

蓋爾曼和眾人走出小禮堂，蓋爾曼秘書在小禮堂門口等待。

蓋爾曼秘書

蓋爾曼教授，這是你去費曼追思會的機票。豪華轎車在外等你。

蓋爾曼接過機票，穿上外衣，走向聖達菲研究院的山路。

蓋爾曼站在聖塔菲研究所的山上，一縷夕陽灑在遠方的群山上，蓋爾曼用手搭陽，聚焦點，在遠方的群山上。

來接蓋爾曼的司機走過來。

司機　那個山頭就是洛斯愛拉莫斯，奧本海默和費曼們研製出原子彈的地方。

蓋爾曼心裡想著，連這司機都知道費曼！

蓋爾曼　（默默地）費曼是一位偉大的物理學家，但他投入了大量的精力來演繹他自已的傳奇！

他俯視著聖達菲城。腦裡浮現出和費曼共事的往事。

鏡頭推出：

閃回（flashback）

（1）

蓋爾曼　我要去加州理工學院，因為那裡有費曼！

蓋爾曼錘打著桌子！

（2）

費曼、蓋爾曼在教工食堂激烈地討論著物理學的基本問題：宇稱守恆和重整場。

蓋爾曼　我們的競爭對手是楊和李。

費曼　對！

鏡頭返回：

蓋爾曼站在聖達菲研究院的山頭上，滿臉淚珠。

鏡頭推出：

（3）

費曼的那本《別逗了，費曼先生》。

（4）

費曼在脫衣舞廳

舞女A　費曼教授，可不可以在我的左腿上畫一張費曼圖？

舞女伸出左腿。

費曼　為什麼是左腿？

舞女A　右腿留著給蓋爾曼教授畫他的誇克圖。

（5）

費曼已經狂笑得掉到了桌子下面，同時還在模仿小號的聲音和天使的歌聲！

費曼　我不會讓你忘記這件事的，默裡．蓋爾曼！

（6）

圖書館員甲　　費曼教授和塞克爾先生昨天也來查魔法百科全書。

蓋爾曼　　（很驚訝）啊？

鏡頭返回：

蓋爾曼拿出機票，百感交激地看著機票。

蓋爾曼對著司機擺了擺手，示意他返回。

蓋爾曼滿臉淚珠地撕了機票，拋向空中。細碎的機票隨風飄揚在聖達菲研究院的山頭上……

司機驚訝地望著如風的機票和漸漸走遠的蓋爾曼。鏡頭推出主題畫面和主題音樂：

周瑜和諸葛亮拱手作揖告別，相互轉身後分道揚鑣。一輪紅日冉冉西下，血一般的夕陽灑在長長的路上，將二人構成惜別的剪影：一人走向東，回到他的吳國，一人走向西，回到他的蜀國。

忽然間，周瑜回頭。

周瑜　　（仰天長嘯）既生喻，何生亮？If Yu, Why Liang?

畫面響起主題曲：

男聲　恰似兩座最高的山峰。

有了你才能丈量我的高度，恰似兩顆最亮的星星，有了你才能相映生輝！恰似兩個最知心的朋友有了你不再孤獨！

女聲　既生喻，何生亮！

這銘心的亮瑜情結？

第四章

二三、INT.美國加州紅木市 NEXT 電腦總部　晚上（1988年）

賈伯斯和斯蒂芬．沃爾夫拉姆在很大的會議室交談。

賈伯斯捧著立體形狀的NeXT電腦。

賈伯斯　　斯蒂芬，這是我的新嬰兒，NeXT。

斯蒂芬．沃爾夫拉姆　很棒！

賈伯斯　　你的新嬰兒也很棒！我已決定將你的軟體綁定在我的NeXT電腦上！

斯蒂芬．沃爾夫拉姆　那很好！

賈伯斯　　軟體的名字取好了嗎？

斯蒂芬．沃爾夫拉姆　沒有，你有何建議？

賈伯斯想了片刻。

賈伯斯　就叫 Mathematica 如何？

斯蒂芬沃爾夫拉姆　Mathematica?

賈伯斯　對！Mathematica!

二二四、INT.美國加州庫比蒂諾蘋果電腦總部　晚上（2002年）

賈伯斯和斯蒂芬沃爾夫拉姆在大的會議室交談。

斯蒂芬從書包裡拿出一本書。

斯蒂芬·沃爾夫拉姆　史蒂夫，這是我最近十年的研究心得。

賈伯斯接過書。

賈伯斯　全新型科學！

斯蒂芬·沃爾夫拉姆的手機響了。

斯蒂芬·沃爾夫拉姆看了一下手機，抱歉地望著賈伯斯。

斯蒂芬·沃爾夫拉姆　默裡·蓋爾曼打來的！

賈伯斯　接吧！

斯蒂芬·沃爾夫拉姆蓋爾曼　你好！默裡。

蓋爾曼　你的新書我看了！怎麼沒有引用我的工作？

斯蒂芬．沃爾夫拉姆　因為是全新型科學！

蓋爾曼　我在複雜性領域做過開創性的工作。

斯蒂芬．沃爾夫拉姆　那你是否可以寫一段書底封面的書評？

賈伯斯　對不起，斯蒂芬，你的全新科學太前沿了，我看不懂！

斯蒂芬．沃爾夫拉姆無可奈何地關上手機，不無失望。

賈伯斯一直站著望著窗外，突然轉過身來，對著斯蒂芬．沃爾夫拉姆。

賈伯斯　艾薩克．牛頓沒有在書的封底封面寫書評，你斯蒂芬．沃爾夫拉姆為什麼要這樣做呢？

一二五、INT./EXT.美國史丹佛大學　晚上（2011年）

賈伯斯和蓋茨漫步在史丹佛大學校園。

他們來到史丹佛大學書店門口。

賈伯斯　走，進去看看！

蓋茨　好！我最喜歡逛書店了！

賈伯斯和蓋茨走進史丹佛大學書店。

賈伯斯　這是全美第二大的大學書店，僅次於你們華盛頓大學書店。
我在這裡系統地學習了電腦科學，工業設計和美學。

他們走進物理書架。

蓋茨從書架上抽出費曼著的《費曼物理學講義》。

蓋茨　這是我最喜歡的物理書籍。

賈伯斯從書架上抽出楊振寧著的《楊振寧1948-1980年論文選及注釋》

賈伯斯　楊振寧這本書可以與之相媲。

蓋茨　費曼和楊振寧的寫作風格有一個共同點。

賈伯斯　對！那就是簡潔，明亮和美。

賈伯斯將楊振寧著的《楊振寧論文選及注釋》放在桌上有iphone的旁邊。蓋茨將費曼著的《費曼物理學講義》放在桌上有Thinkpad的旁邊。

近景

桌上的《楊振寧論文選及注釋》和iphone相映生輝。桌上的《費曼物理學講義》和Thinkpad相得益彰。

它們在風格上媲著美，致少在賈伯斯和蓋茨心中是這麼想的。賈伯斯和蓋茨轉身離開。

忽然，賈伯斯和蓋茨的眼光被掛在牆上的一副攝影作品所吸引。

那是一副錢德拉塞卡向紐約時代雜誌社索求的同一作品：人對個體的認知：人在梯子上。

蓋茨和賈伯斯再深入地體會了一下這副攝影作品。兩人忽然有了更深入的感悟。

蓋茨　（驚呼）主題和副題！

賈伯斯　對！主題和它的影子！

蓋茨　主角和他的影子。

賈伯斯　誰都不希望當影子！

蓋茨　影子爬得再高，也低於主角！

賈伯斯　要知道我們故事的三對主角為什麼會決裂的深刻原因，就好好感悟這副攝影作品吧！

鏡頭再次放大人對個體的認知：人在梯子上的這副攝影作品。

賈伯斯和蓋茨都希望擁有這副限量版的作品。

賈伯斯　服務員，這副作品來兩副。

賈伯斯遞過信用卡。

服務員　郵寄地址？

賈伯斯　（天真地微笑著）就分別寄給比爾．蓋茨和史蒂夫．賈伯斯，不用地址，試試看。

蓋茨和賈伯斯互相開心地笑了。

服務員　你們是賈伯斯和蓋茨？

賈伯斯和蓋茨離開史丹佛大學書店，走在校園內。

賈伯斯　前面那座塔樓就是史丹佛大學胡佛研究院所。泰勒退休了，就在那裡作研究。

蓋茨　等我們老了，退休了，爭取一塊來胡佛研究院所做研究。研究物理學史。研究量子力學史。

賈伯斯被蓋茨的樂觀主義和熱情所感動。

賈伯斯　好的！一言為定！

一二六、INT.美國史丹佛大學胡佛研究院所　晚上（2002年）

史丹佛大學胡佛研究院所深夜。

年邁的泰勒還在伏案工作。桌上有一本奧本海默傳記《美國的普羅米修斯》和泰勒自傳。

望著窗外的史丹佛大學的夜景，年邁的泰勒陷入沉思。畫面換出閃回（flashback）

泰勒年輕時，在布達佩斯。

泰勒在路邊行走，一輛有軌電車後退時，撞到泰勒的左腿。泰勒撲倒在地。血流滿地。

畫面換入

泰勒從惡夢中驚醒。

泰勒下意識的望了下桌上的奧本海默傳記《美國的普羅米修斯》。封面上的奧本海默的叼著一根燃著的香煙，雙眼炯炯有神。直視著泰勒。

泰勒托下假肢。望著奧本海默的像。

泰勒　　奧本，原諒我吧！

二七、EXT.美國紐約某公園　白天（2011年）

一場慶祝中學生科學得獎的活動剛剛結束。中學生紛紛於著名科學家交談留影。斯蒂芬．沃爾夫拉姆走到蓋爾曼面前。

斯蒂芬．沃爾夫拉姆　　嗨，默裡！

白發蒼蒼的蓋爾曼已失去昔日的敏銳。蓋爾曼木呆地望著斯蒂芬．沃爾夫拉姆。

斯蒂芬．沃爾夫拉姆　　蓋爾曼教授！

蓋爾曼不動身色。

斯蒂芬沃爾夫拉姆　　我是斯蒂芬！

蓋爾曼　　我認識你嗎？

斯蒂芬．沃爾夫拉姆舉起大會發的身份證。

斯蒂芬．沃爾夫拉姆　　我是斯蒂芬．沃爾夫拉姆！你的那個少年物理學家！

蓋爾曼依然不動身色。

斯蒂芬．沃爾夫拉姆無可奈何地轉身而去。

蓋爾曼望著斯蒂芬・沃爾夫拉姆離去。

斯蒂芬・沃爾夫拉姆走了一分鐘，轉身回眸，蓋爾曼還站在那裡。

斯蒂芬・沃爾夫拉姆納悶著，不知蓋爾曼是像那次貝塔函數一樣遺忘了還是真的得了阿茲海默症。

一二八、EXT.美國帕洛阿托市賈伯斯家　白天（2011年）

賈伯斯和蓋茨慢慢走回到賈伯斯的家。

蓋茨望著賈伯斯樸實的家，似乎想問什麼。

賈伯斯　　比爾，我知道你想問什麼。

賈伯斯　　因為我是矽谷的兒子，更是地球的兒子！

蓋茨　　講得好！繼續講下去！

賈伯斯　　是我在講嘛？我不也是個聽者！

蓋茨　　紀伯倫式的結尾！

賈伯斯轉向蓋茨，雙手作揖，似乎用他一生信奉的東方哲學，和蓋茨在江湖上告別。

蓋茨打開車門，回頭向賈伯斯家望去。

賈伯斯站在門口，輕輕地揮起了手。

蓋茨揮起了手，行了個敬禮。

一一九、EXT.中國北京清華大學校園　白天（2011年）

夕陽西下，楊振寧和年輕的妻子翁帆在清華大學校園散步。

楊振寧的妻子去世後，退休回到清華大學居住，並迎娶了年輕的翁帆為妻。

年輕的翁帆為楊振寧的生命注入新鮮活力。

楊振寧視翁帆為上帝賜給他的最後最好的禮物。

楊振寧坐在圖書館的臺階上。翁帆像中學生一樣坐在較低的臺階上，仰望著楊振寧。

夕陽灑在圖書館的臺階上，將楊振寧和翁帆坐姿映射成剪影。

楊振寧
　　歐洲的天涯海角—羅卡角島上有一塊石碑，石碑上有一句詩：「陸止於此，海始於斯。」我和我兒時的朋友們玩遍了

楊振寧　這清華園的一草一木。我始於此，繞了一個輪環，又回於此。

上帝對我特別眷戀。當我的同胞經歷戰火風飛的洗禮之時，我卻有最好的老師吳大猷，費米，泰勒，奧本海默的指導；最好的合作者李政道的合作；最強的競爭者費曼，蓋爾曼的競爭。

楊振寧不無深情地陷入沉思。

翁帆渴望地聆聽著。

楊振寧　這就是我的故事。

翁帆　精彩！還有嗎？

楊振寧望著清華園的一草一木，眼睛忽然濕潤了。

楊振寧　還有！

楊振寧　那就是我和我最好的朋友鄧稼先的故事！

閃回（Flashback）

一三〇、INT.中國北京　晚上（1971年）

楊振寧拿了諾貝爾獎後第一次回國。他準備了一張要會見的人名單，名單上的第一位就是鄧稼先。

鄧稼先和楊振寧相見，兩人緊握著雙手。這是自從1950年在美國分別後，他們的第一次相見。

鄧稼先　1950年在美國一別，已經二十年了！

楊振寧　這二十年，我們完全做了不同的工作。

楊振寧心知肚明，鄧稼先為中國的兩彈元勳。

楊振寧　稼先，有一個問題一直困擾著我，我不知道是否應該問。

鄧稼先　什麼問題？你可以問，我會盡力回答。

楊振寧　中國研究原子彈的過程中，是否得到了美國科學家的幫助？

鄧稼先　這個問題，我現在不能回答你。

一三一、INT.中國北京　晚上（1971年）

鄧稼先正在跟周恩來總理打電話。

鄧稼先　振寧問了一個問題，中國研究原子彈，是不是有美國科學家的幫助？

鄧稼先　請示總理，我該如何作答？

周恩來總理　稼先，你應該如實告知楊先生。

一三二、INT.中國上海　晚上（1971年）

上海政府舉行楊振寧訪華的告別晚宴。

一位工作人員走近楊振寧的宴會桌，遞給楊振寧一封信。

工作人員　鄧稼先先生的快件。

楊振寧打開一看，是鄧稼先的親筆信。

楊振寧讀起來。耳邊響起了鄧稼先擲地有聲的文字化為話語。

鄧稼先　無論是原子彈，還是氫彈，都是中國人自已研製的！

楊振寧當即離開席位走到洗手間。正值中壯年的楊振寧望著鏡子，流下了熱淚。楊振寧擦乾了眼淚，走出了洗手間。

當楊振寧走到走廊，眼睛被牆上掛著的詩詞吸引住：

為有犧牲多壯志！

楊振寧久久地凝視和品味著詩詞，不禁浮想聯翩，感慨萬千。

一三三、EXT.中國北京清華大學校園　晚上（2011年）

翁帆撫摸著楊振寧的雙手。

翁帆　精彩！

楊振寧　對！精彩的故事很多，我從中悟出了一個結論。

翁帆　什麼結論？

楊振寧　人的能力和生命是有限的！

遠方夜幕降臨。華燈初上，清華園遠處的北京城萬家燈火。

翁帆　都這麼多年了，你和政道，在你們走之前，該有個了結吧？

楊振寧　嗯！

翁帆　要是你們能彼此能像恩格斯那樣作出那篇著名的馬克思的墓前演說，該多好！

楊振寧　當奧本海默談及此話題時，我曾捫心自問，我們有那麼偉大的友誼？

翁帆 （憧憬地）有！如果你們能相逢一笑泯恩仇，這一定是這個時代亮瑜情結般的友誼傳奇。如果是這樣，你們倆圓夢今生，此生無憾了！

畫外音：如果蓋茨和賈伯斯能在賈伯斯生命盡頭的時候走在一起，楊振寧和李政道有什麼理由說不呢？

楊振寧感到翁帆雙手的溫暖，被翁帆天使般的天真和憧憬而觸動著。

楊振寧 人有悲歡離合，月有陰晴圓缺，此事古難全。

楊振寧 誰不想圓夢今生，此生無憾啊？

翁帆 但願人長久，千里共嬋娟。

翁帆 跟政道打個電話和好吧？

翁帆遞過手機。

楊振寧猶豫地接過手機。

一三四、INT./EXT.美國紐約哥倫比亞大學校園 晚上（2011年）

紐約哥倫比亞大學普平大樓深夜。

深夜的曼哈頓高樓林立，宛如高挑的女人們在交談低語。時代廣場的燈光如夢如幻，帝國大廈巍然聳立，威武的猶如康熙王朝。

年邁的李政道還在伏案工作。

李政道畫外音：

李政道　我一生從事物理研究，我生命的活力來自於「物理的挑戰」。每天三、四點鐘起床工作，這對我來說已經成為一種生活方式，已經成為下意識的事情，所以我覺得沒有什麼不以為奇，更不以為苦。

李政道　物理是我的生活方式。你不分春夏秋冬。你不知春夏秋冬。你不分白天和黑晝。累則小睡，醒則幹！

電話鈴響了。

李政道接過電話。

李政道的兒子　爸爸，該回家休息了。

李政道看了一下手錶。

李政道　好的！

李政道關了電燈。

年邁的李政道獨自一人地離開普平大樓，走在紐約哥倫比亞大學校園。

李政道走著走著，又走到了吳健雄翻牆離開實驗室的地方。李政道的眼中呈現出吳健雄翻牆離開實驗室情景。

李政道一醒，才知中國的居禮夫人像天使般地乘鶴而去。

李政道在哥大壯觀的圖書館的臺階上坐下。一群學生圍過來。

學生們　李教授，跟我們講講你的故事。

李政道　有兩個小孩在沙灘上玩耍，其中一個說：「喂，你看到那閃爍的光了嗎？」另一個回答說：「看到了，讓我們走近一點看」。兩個孩子十分好奇，他們肩並肩向著光跑去。有的時候一個在前面，有的時候另一個在前面。像競賽一樣，他們竭盡全力，跑得越來越快。他們的努力和速度使他們兩個非常激動，忘掉了一切。第一個到達門口的孩子說：「找到了！」他把門打開。另一個衝了進去。他被裡面異常的美麗弄得眼花繚亂，大聲地說：「多麼奇妙！多麼燦爛！」

李政道　多少年過去，他們老了，變得愛好爭吵。記憶模糊，生活單

李政道沉默片刻。

調。其中一個決定要用金子鐫刻自已的墓誌銘：「這裡長眠著的是那個首先發現寶藏的人」，另一個隨後說道：「可是，是我打開的門」。

李政道

這一切都不重要，都不重要啊！

突然，李政道的手機響了。李政道接通手機。

李政道的孫女

爺爺，快退休吧！搬到四季如春的舊金山來，我陪你一起畫畫！

一三五、EXT.美國舊金山金門大橋　白天（2011年10月）

藎茨開車駛過美麗的舊金山金門大橋。

藎茨聽著收音機裡經典音樂頻道的貝多芬的第五交響曲：英雄交響曲。

紅色的舊金山金門大橋被太陽照耀得熠熠生輝。橋下，帆船點綴著水面。

藎茨被眼前的景色所陶醉。

音樂突然停止。

音樂節目主持人：最新消息，蘋果創始人賈伯斯去世！鏡頭推出：

挑戰號在空中爆炸。

原子彈爆炸。

奧本海默　（吟誦梵文詩）漫天奇光異彩，有如聖靈逞威，只有一千個太陽，才能與其爭輝！

蓋茨淚流臉面。

蓋茨　這個沒有賈伯斯的世界，該多麼無聊！

天突然雷電交加，雨水打在蓋茨的車窗上，和燈光交織一起，讓繼續開著車的蓋茨形成夢幻之覺：

一個被咬了一口的蘋果，變成了一個被咬了一口的地球。

斯蒂夫・賈伯斯，象一顆璀璨的流星，用自己的光筆，在這個地球上刻下了自己的痕跡。

淡出（Fade Out）

鏡頭推出主題畫面和主題音樂：

國家圖書館出版品預行編目資料

既生瑜,何生亮?/ 迪爾海波著.--初版.--臺北市 :博客思出版事業網,2024.04
面； 公分.--(現代文學 ;82)
ISBN 978-986-0762-75-4(平裝)
855 113000311

現代文學82

既生瑜，何生亮？

作　　者：迪爾海波
主　　編：盧瑞容
編　　輯：陳勁宏、楊容容
美　　編：陳勁宏
校　　對：楊容容、古佳雯
封面設計：陳勁宏
出　　版：博客思出版事業網
地　　址：臺北市中正區重慶南路1段121號8樓之14
電　　話：（02）2331-1675或（02）2331-1691
傳　　真：（02）2382-6225
E-MAIL：books5w@gmail.com或books5w@yahoo.com.tw
網路書店：http://bookstv.com.tw
https://www.pcstore.com.tw/yesbooks/
https://shopee.tw/books5w
博客來網路書店、博客思網路書店
三民書局、金石堂書店
經　　銷：聯合發行股份有限公司
電　　話：（02）2917-8022　傳真：（02）2915-7212
劃撥戶名：蘭臺出版社　帳號：18995335
香港代理：香港聯合零售有限公司
電　　話：（852）2150-2100　傳真：（852）2356-0735
出版日期：2024年月4月初版
定　　價：新臺幣380元整（平裝）
ISBN：978-986-0762-75-4

Anthony Lai

Sonnet 019

妹の姿 yah nining my granddaughter

The Med Sea is in the Eyes, Persian Deep Blue
Wanting to show you a magical future
White doves and little kangaroos dancing in the wind
Stretch fingers write life stories without letters

We are, all her vehicle, pick up where she pointed
The only free is her brother
He calls her nick name "mai ziu"
Golden summer horsetail builds a mirage

Spell sportive high tune phantom
I want you to move with my litter tornado
But often imitate mother's cleaning brush
Indicates about her growth

She uses her eyes to Q you in the dining
Because no one wants to kiss the oily noodles
That idiot may be
Impossible kiss the dodge ball

When whispered to her mother "pa pa"
Night turn, sheltered under the arms of mother's
Slept on the dreams.

那　痴爸　可能會
不可能吻到　躲避球

當她　耳語　媽pa pa(1)
夜神來了　懷裡　乖乖地　睡了

半夜醒來　世界又被迫　顛覆
她可愛的眼神　說

時空無由　是誰教唆
喚醒　仙女座　粉紅的　星球

Wake up in the midnight, the world is forced to subvert
Her cute eyes say

Time and space are nowhere
Who instigated the pink planet, Andromeda galaxy(1) ?

安東尼・賴

十四行詩 020

醇釀（給品澈）

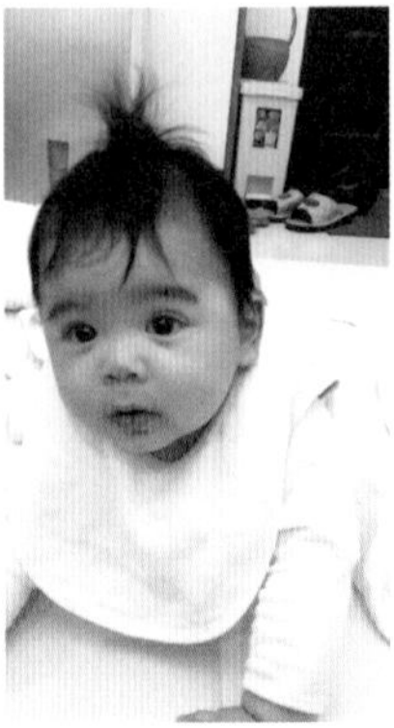

（小品澈一歲）
one year old Pen Che Lai

醇釀　香氣迷人　從初啟的蓋口湧開
揮別　戴歐狄索斯 (1)　桶中歲月
雲霓　繽紛飛掠　旋淀在意了的窗口
擇定遁念的那凡扯　沒入糜塵

到底多久？　盈虧的水滴　方從　第幾重弦維
振動滑下　浮現在衍明的大地
微笑著　是一抹朝陽靨惰下　半盪的茫
是晝夜不察的　睡意　尚泛著夢

穿梭過靈霆氤氛　掉出了　染色體　纏擾的子宮
睜開了眼　邃深泆漾之湛然　映著晨光　透出水鏡
舞動雙臂　張望傳自母親的響音
祂也想說　屬於我的世界　我來了

傳說　埃莫 (2) 的　愛恨雙箭　射中的天使　掉入凡間
又疑似　鸛　是非題的叉圈注義　也是　許諾的讚禮

Anthony Lai

Sonnet 019

melodious ferment-
for Pen Che-my grandson

The ferment aroma sprayed, charming from the virgin open
cask.
Farewell to Dionysus (1) years in the Barrel.
Rainbow neon through cloud, colorful chirp flying by.
The anchor goes into the berth, chooses for, and to be born.

The genetic drops, ancient or now, fall.
Their tangled strings emerge from moon to the sun.
The smiles of half-opened eyes are an idle awake.
I am still sleepy, still dreaming.

The lavish uterus slippery my soul outside vaginal.
Reflected in the morning light, through the quantum mirror.
Supernova explore the universal up when open eyes.
Waves, toward the sound from his mother,
spoke, I am here, my world.

Legend of Amor's love and hate arrows,
the shot angel fell into my home.

It is also stork suspect, not only right or wrong question,
circle cross,
but God annotation meaning,
and also, the promised compliment.

也祝福其他初生嬰兒
(also for all baby)

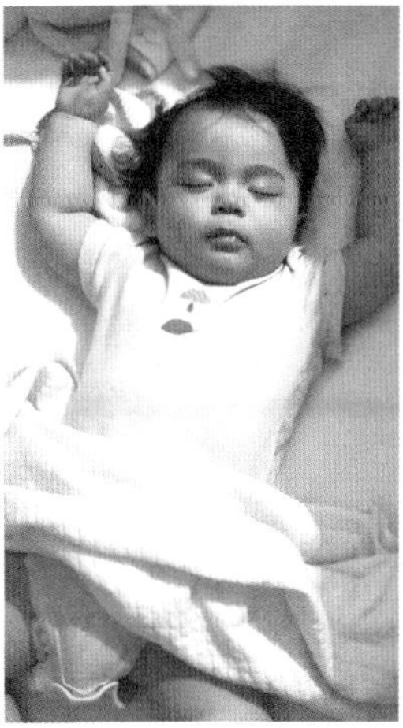

俳句|Haiku

01~05 喃喃自語

01~05 whispers

安東尼・賴

俳句 01~05

喃喃自語

01

書詩冰冷句　翻開
蜜蜂不願離的　沒蜜的
繁華似錦

02

詩人在春夜　燈下　寫出的喃喃自語
比不上　月亮向太陽
早安　的印記

03

月亮下床後　霑露凝在綠葉上
拿兩片白麵包　放入爐器內
太陽用力烤　跳起　塗上奶油的　日記

04

杜鵑　春雨夜裡　嘆息
凝霑夜露　吻乾後
綠繁葉茂　蜂不來的　枝頭

Anthony Lai

Haiku Poetry 01~05

whispers

01
Poems in books opened, sentence cold.
But those the bees do not want to leave.
No honey bustling.

02
Under the spring moon light, the poetry muttered.
Not as good as the moon to the sun.
Good morning imprints.

05

那麼多圖騰　問侯語

比不上　讓人念的

相見時　聲音眼神

合奏的交響曲

03

The moon got out of bed, the syrups was still on the green leaves.
Two slices of white bread put in the oven, then.
The sun grilled hard, jumped up, buttered diary.

04

Cuckoo sigh in the rainy spring night.
After the kiss, his syrups become dry.
The branches are green and leafy, bees left.

05

Line, messenger... so many totems, but no whispers, colorless then memorable.
More, the eyesight, and the voices,
composed together the love symphony.

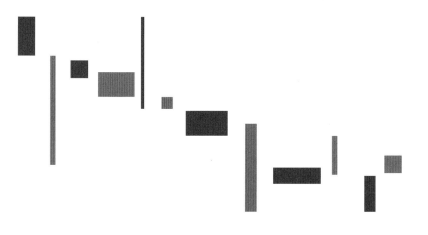

賴瑞祥醫師

感　言

新詩的宇宙——思維的綠洲

賴瑞祥醫師及其愛犬 lion

思維及對話，愛的訊息，可以在世上傳誦、更可以穿越時空，在星際彼端再生成長、永存宇宙。

記得，有一次和大哥見面，閒聊，問他現在忙什麼，做何消遣。他說，退休了和兒子一起，照顧一下孫子、偶而去自己農舍種菜。最近，在淡水海邊，有個新房，可以看海、寫詩……寫詩？我有點訝異，大哥經商多年，竟然能寫詩、我說，很好的興趣，如果有創作，不妨傳給老弟分享一下、幾天後，我收到傳來的幾首詩，頗為驚艷，居然有點，憾動心靈。

有別於以往的詩，是一種新的格式。他隨興說，也許多寫幾篇就可以成書了。約一年後我收到了一本書——《濱海札記》——大哥說他準備出書了。這是初稿讓我先看。

書的封面，一幅男女 AI Robot 在外太空。

旁邊寫著散文、十四行詩，直覺一種浪漫情感，超越時空的氣氛。打開頁面，看到序及引言接著一幅幅色彩繽紛的圖畫，伴著詩作內容以中英對照，感覺是一種不同以往的寫作方式。

從平常的生活片段切入其中，感受到觸動心靈的訊息。不禁會問這是上天惠賜的恩典，亦或是內心潛伏已久的情緒？逐漸引入哲學性的思唯，留下一些思考的空間及心靈上的餘波盪漾。

看著看著，有幾種不同形式的寫作。其中，我有些許的不解。

有幾篇文字是跳躍式的，現實聯繫過去，時空、宇宙的錯置、哲學典故的穿插、不相稱的事物聯結，我有點摸不著頭緒；我問大哥，如何解讀，他說：「想像需要空間、詩作是我內心的情境，讓看的人去感受、不必解釋、多方面的描述代言，現代多元的社會、跳躍的音符，彈奏出現代不定的情緒。」我沉思，個人的境遇不一樣，解讀也不一樣，怎麼解釋也不會清楚。也不重要。

寫作的背景，從現實的情況、面對的世界、看到的情景引發的感觸開始、然後到內心的甦省，漸漸由現實的荒謬生命（大哥常用「具現化荒謬」）的虛浮到尋找信仰，激發熱情而寫作。

回顧人生至親情的回憶、父母的恩情、姊弟們的情誼、夫妻的情感、兒子生活點滴、孫兒女的呵護、一連串人生歷程，點滴在心頭，一幕幕的圖騰寫真，感覺人的一生都在愛的氣氛中成長。

書看到最後，我留下的是一種愛的氛圍、時間將逝去、生命將終結，唯一可以存留的還是愛的感覺。

我想說：「愛的訊息，可以在世上——傳播——更可以穿越時空，在星際彼端再生成長、永存宇宙。」

賴瑞祥書於 2021/04/03 週六夜

安東尼 . 賴　ANTHONY LAI（Tony）

字商隱 本名賴慶曉

生於 1953 喜好歌唱 寫作

從 Minnesota State University, Mankato 畢業

1984 年

研究所 — MBA Marketing

可惜，才疏學庸，只得在海濱有個駐居所
拾沙灘上遺留的螺蛤物語，渡此殘生

附錄：注釋

引言：大和 日本料理店 對話

Yamato Japanese Restaurant Dialogue With the Waitress

(1)The prose of this book -Landlord (Faith and Message)
本書散文——房東（信仰與訊息）

(2)BARTOK the Miraculous Mandarin- (The Miraculous Mandarin Op. 19, Sz. 73 (BB 82) is a ballet created by the famous Hungarian composer Bartok in 1919. It was banned at the time because of its inconsistent content. Adapted orchestral music.BARTOK 神奇的滿大人 (The Miraculous Mandarin) Op. 19, Sz. 73 (BB 82)
from Wikipedia https://en.wikipedia.org/wiki/The_Miraculous_Mandarin
是著名匈牙利作曲家巴托克，在 1919 創作的一部芭蕾舞劇，在當時因內容不倫而禁演。

十四行詩 滿州大人 008 夜鶯

(1) 本作品後篇發佈之我與亞伯拉罕——信仰與訊息。

(2) 該篇中 Pizza 店、燔祭餐點、信仰——訊息

(3) 賢者之石賢者之石（英語：philosopher's stone）一種神話中的物質，其形態可能為石頭（固體）、粉末或液體。能將卑金屬煉成黃金。
維基百科 https://zh.wikipedia.org/wiki/%E8%B3%A2%E8%80%85%E4%B9%8B%E7%9F%B3

Sonnet The Miraculous Mandarin 008 Nightingale

(1)the article prose in this book - about conviction and message.

(2) A pizza hall for sacrifice as hint. The meal as Believe and Message as payable Manual.

(3)The Miraculous Mandarin (Hungarian: A csodálatos mandarin, pronounced [ˈɒ ˈtʃodaːlɒtoʃ ˈmɒndɒrin]; German: Der wunderbare Mandarin) Op. 19, Sz. 73 (BB

82), is a one act pantomime ballet composed by Béla Bartók between 1918–1924, and based on the 1916 story by Melchior Lengyel.[1] Premiered on 27 November 1926 conducted by Eugen Szenkar at the Cologne Opera, Germany, it caused a scandal and was subsequently banned on moral grounds.[2][3][4] Although more successful at its Prague premiere, it was generally performed during the rest of Bartók's life in the form of a concert suite, which preserves about two-thirds of the original pantomime's music.(from Wikipedia) https://en.wikipedia.org/wiki/The_Miraculous_Mandarin

(4) The philosopher's stone, more properly philosophers' stone or stone of the philosophers (Latin: lapis philosophorum) is a mythical alchemical substance capable of turning base metals such as mercury into gold
from Wikipedia https://zh.wikipedia.org/wiki/%E8%B3%A2%E8%80%85%E4%B9%8B%E7%9F%B3

十四行詩 滿州大人 009 間奏

(1) 本作品發佈之我與亞伯拉罕——信仰與訊息。引喻上帝或宙斯。

(2) 量子糾纏的作用速度至少比光速快 10,000 倍。這還只是速度下限。根據量子理論，測量的效應具有瞬時性質（量子纏結）
維基百科 https://zh.wikipedia.org/wiki/%E9%87%8F%E5%AD%90%E7%BA%8F%E7%B5%90

(3) 水仙，油畫，未知的畫家。希臘神話中的納西瑟斯愛上了自己的臉。

(4) 無臉男《神隱少女》（日語：**千と千尋の神隠し**）是一部由吉卜力工作室製作、宮崎駿擔任導演和劇本，於 2001 年 7 月 20 日上映的日本動畫電影 。
維基百科 https://zh.wikipedia.org/wiki/%E5%8D%83%E4%B8%8E%E5%8D%83%E5%AF%BB

Sonnet 009 The Miraculous Mandarin — inter perform (Decoy Game)

(1)The face of Narcissus, oil paint unknown painter. Greek mythology the Narcissus falling in love with his own face.
(2)The Promised Land (Hebrew: הארץ המובטחת, translit.: ha'aretz hamuvtakhat; Arabic: أرض الميعاد, translit.: ard al-mi'ad; also known as "The Land of Milk and Honey") is the land which, according to the Tanakh (the Hebrew Bible), God promised and subsequently gave to Abraham and to his descendants. In this poetry as galaxy given promised (from Wikipedia)
https://en.wikipedia.org/wiki/Promised_Land

十四行詩 滿州大人 010 謝幕

(1)Bartok 鋼琴練習曲 小宇宙

Sonnet The Miraculous Mandarin 010 Curtain Call

(1)Kaonashi man - a character from 千と千尋の神隱し
from Wikipedia https://zh.wikipedia.org/wiki/%E5%8D%83%E4%B8%8E%E5%8D%83%E5%AF%BB

十四行詩 滿州大人 011 燔祭與結纏

(1)《長髮姑娘》（德語：Rapunzel），又譯《萵苣姑娘》、《長髮公主》，是格林兄弟蒐集的德國童話，收錄於 1812 年所出版的《兒童與家庭童話集》。迪士尼 改編為電影 tangle。
維基百科 https://zh.wikipedia.org/wiki/%E9%95%B7%E9%AB%AE%E5%A7%91%E5%A8%98

Sonnet The Miraculous Mandarin 011 Sacrifice concrete and Tangled

(1)Rapunzel (/rəˈpʌnzəl/; German: [ʁaˈpʊnt͡səl]) is a German fairy tale recorded by the Brothers Grimm and first published in 1812 as part of Children's and Household Tales A new main character named Cassandra appears, who is Rapunzel's feisty lady-in-waiting. The series has a feature-length movie titled Tangled: Before Ever After

released in 2017.
From Wikipedia https://en.wikipedia.org/wiki/Rapunzel
(2) LY- light year the distance calculates of light in space

十四行詩 滿州大人 012 我的 創世紀一

(1) 愛因斯坦－波多爾斯基－羅森悖論是由愛因斯坦、鮑里斯·波多爾斯基和納森·羅森在 1935 年發表於美國《物理評論》的思想實驗，又稱為「EPR 悖論」
維基百科。https://zh.wikipedia.org/wiki/%E9%98%BF%E5%B0%94%E4%BC%AF%E7%89%B9%C2%B7%E7%88%B1%E5%9B%A0%E6%96%AF%E5%9D%A6
(2) 女人皆如此（衍生自 莫札特）
https://zh.wikipedia.org/wiki/%E5%A5%B3%E4%BA%BA%E7%9A%86%E5%A6%82%E6%AD%A4
(3) Muse（創作之女神）
from Wikipedia https://en.wikipedia.org/wiki/Muses
(4) 使徒：使徒（古希臘語：ἀπόστολος，英語：Apostle），原意是擔負使命的人、傳遞信息的人。使徒是在日本動畫《新世紀福音戰上》系列作品中登場的虛構的敵性生命體。由庵野秀明導演作品並指導設計工作。
原作《新世紀福音戰士》中，包括人類（第十八使徒）在內，共有 18 個使徒（一般指首次來襲的第三使徒到最後的使者第十七使徒）。貞本義行繪製的同名漫畫版中使徒數量做了刪減。福音戰士新劇場版中使徒數量亦做了刪減、但也有新型使徒登場。
各個使徒的形態和能力各異[1]。是一個高度抽象化、概念性的敵人，被認為是登場人物們的危機感的具象化。使徒的設定不論是抽象還是具象方面都達到了一個很高的水準。
From 維基百科 https://zh.wikipedia.org/wiki/%E4%BD%BF%E5%BE%92_(%E6%96%B0%E4%B8%96%E7%BA%AA%E7%A6%8F%E9%9F%B3%E6%88%98%E5%A3%AB)
(5) 夏娃（希伯來語：חַוָּה, 現代 Chava 提比里亞 Ḥawwāh，阿拉伯語：حواء，羅馬化：Ḥawwāʾ，希臘語：Εὕα，羅馬化：

Heúa，拉丁語：Eva，英語：Eve，伊斯蘭教漢譯作哈娃）是希伯來聖經《創世記》以及《古蘭經》中的一個人物。根據亞伯拉罕宗教中的創世神話，[1] 她是世界上第一位女人。夏娃同時也是亞當的妻子。
https://zh.wikipedia.org/wiki/%E5%A4%8F%E5%A8%83

《新世紀福音戰士》（日語：新世紀エヴァンゲリオン［注釋 2］；英語：Neon Genesis Evangelion，通常被稱為 EVANGELION、NGE 或者 EVA
https://zh.wikipedia.org/wiki/%E4%BD%BF%E5%BE%92_(%E6%96%B0%E4%B8%96%E7%BA%AA%E7%A6%8F%E9%9F%B3%E6%88%98%E5%A3%AB)

Sonnet The Miraculous Mandarin 012 My genesis

(1)Albert Einstein does not believe Quantum theory and the time and speed theory does not exist in Quantum theory.

(2)Brindisi La traviata: Act I. “Libiamo, ne' lieti calici” from Wikipedia https://en.wikipedia.org/wiki/Brindisi

(3)Così fan tutte, ossia La scuola degli amanti[a] (All Women Do It, or The School for Lovers), K. 588, is an opera buffa in two acts by Wolfgang Amadeus Mozart.
From Wikipedia https://en.wikipedia.org/wiki/Cos%C3%AC_fan_tutte

(4)Muses (Ancient Greek: Μοῦσαι, romanized: Moûsai, Greek: Μούσες, romanized: Múses) are the inspirational goddesses of literature, science, and the arts. They were considered the source of the knowledge embodied in the poetry, lyric songs, and myths that were related orally for centuries in ancient Greek culture.also the oil paint of Muse from Mei-Hua Lai
from Wikipedia https://en.wikipedia.org/wiki/Muses

(5)In Christianity, it is a special religious title that was first used for the twelve disciples that Jesus personally selected. After ecclesia, the name is used for people chosen by the Holy Ghost with a special mission, similar to the Prophet.
Wikipedia https://en.wikipedia.org/wiki/Apostles_in_Christianity

(6)The Flyingor say wondering Dutchman (Dutch: De

Vliegende Hollander) is a legendary ghost ship which was said to never be able to make port, doomed to sail the oceans forever. The myth is likely to have originated from the 17th-century Golden Age and Dutch maritime power. According to the legend. Purported sightings in the 19th and 20th centuries claimed that the ship glowed with a ghostly light. In ocean lore, the sight of this phantom ship is lone for love seeking and never end...
from Wikipedia https://en.wikipedia.org/wiki/Flying_Dutchman

俳句 Haiku 01--03 阿貝渦漩 Abbe Vortex

(1)Whiskey 艾雷島單一麥芽威士忌的雅柏（Ardbeg）

散文 房東（信仰與訊息）
Prose-landlord

(1) 參創世記廿二章 1-19 節

Abram, Meaning "the noble father" is the prophet of the religions of Abraham (Judaism, Christianity, Islam and other religions), and is the person chosen by the Lord from the living beings on earth and blessed. It is also the common ancestor of Semites including Hebrews and Arabs
from Wikipedia https://en.wikipedia.org/wiki/Abraham

(2) 阿克隆河在義大利詩人但丁的《神曲》中是地獄的邊界；在希臘神話是地獄五條冥河之一[1]。阿克隆河上有一位擺渡者名叫卡戎，負責把剛死去的亡靈送到河對岸的地獄界。據說卡戎對每位渡河的亡靈都要收取少量船費，付不起船費的亡靈只能長期徘徊在河岸邊。
維基百科 https://zh.wikipedia.org/wiki/%E9%98%BF%E5%88%BB%E6%88%8E%E6%B2%B3

The Akron River is the boundary of hell in the "Divine Comedy" by the Italian poet Dante; in Greek mythology, it is one of the five rivers of hell [1]. There is a ferryman named Charon on the Akron River, who is responsible for sending the newly dead souls to the hell world on the other side of the river. It is said that Charon charges a small boat fare for each undead who crosses the river, and the undead who cannot pay the boat fare can only wander on the bank of the river for a long time.

(3) 索倫·奧貝·齊克果（丹麥語：Søren Aabye Kierkegaard，又譯齊克果、祈克果、克爾凱郭爾、吉爾凱高爾[5]等；1813年5月5日－1855年11月11日）是丹麥神學家、哲學家及作家，一般被視為存在主義之創立者。

維基百科 https://zh.wikipedia.org/wiki/%E7%B4%A2%E5%80%AB%C2%B7%E5%A5%A7%E8%B2%9D%C2%B7%E5%85%8B%E7%88%BE%E5%87%B1%E9%83%AD%E7%88%BE

Søren Aabye Kierkegaard (Danish: Søren Aabye Kierkegaard, also translated by Kierkegaard, Kierkegaard, Kierkegaard, Gilkegaard [5], etc.; May 5, 1813-1855 November 11) is a Danish theologian, philosopher and writer, generally regarded as the founder of existentialism. From wikipedia

(4) 誘惑者的日記《誘惑者日記》信仰荒謬中最動人的部分，也是齊克果作品中唯一近乎小說體裁的寫作。主角約翰尼斯是一位審美主義的典型人物，當他邂逅青春洋溢的少女寇迪莉婭，便被她深深吸引，於是千方百計設法偶遇她，以機智的言行吸引她，讓她自願付出情感……。

維基百科 非此即彼 https://zh.wikipedia.org/wiki/%E9%9D%9E%E6%AD%A4%E5%8D%B3%E5%BD%BC

Forførerens Dagbog "Diary of the Temptator"

It is the most moving part of "absurd and believe", and it is also the only writing that is almost novel in Qi Keguo's works. The protagonist, Johannes, is a typical character of aestheticism. When he meets the young girl Cordelia, he is deeply attracted by her, so he tries his best to meet her, attract her with witty words and deeds, and make her willing to give emotions.from wikipedia

(5) 格奧爾格·威廉·弗里德里希·黑格爾（德語：Georg Wilhelm Friedrich Hegel，常縮寫為G. W. F. Hegel；1770年8月27日－1831年11月14日）是一名德國哲學家。是德國19世紀唯心論哲學的代表人物之一。一般認為，黑格爾的思想，是19世紀德國哲學唯心主義的頂峰，如存在主義，馬克思的歷史唯物主義，法西斯主義以及歷史虛無主義都產生了深遠的影響。一派認為黑格爾的思想為自由主義開闢了一條新的出路，而另一派認為黑格爾的國家主義、民族主義為法西斯主義提供思想基礎。
維基百科 https://zh.wikipedia.org/wiki/%E6%A0%BC%E5%A5%A5%E5%B0%94%E6%A0%BC%C2%B7%E5%A8%81%E5%BB%89%C2%B7%E5%BC%97%E9%87%8C%E5%BE%B7%E9%87%8C%E5%B8%8C%C2%B7%E9%BB%91%E6%A0%BC%E5%B0%94

Georg Wilhelm Friedrich Hegel (German: Georg Wilhelm Friedrich Hegel, often abbreviated as G. W. F. Hegel; August 27, 1770-November 14, 1831) was a German philosopher. He is one of the representatives of German idealistic philosophy in the 19th century. It is generally believed that Hegel's thought was the pinnacle of German philosophical idealism in the 19th century. Existentialism, Marx's historical materialism, fascism and historical nihilism all had a profound influence. One group believes that Hegel's ideas have opened up a new way for liberalism, while the other group believes that Hegel's nationalism and nationalism provide the ideological basis for fascism. From wikipedia

(6) 西格蒙德· 佛洛伊德（德語：Sigmund Freud，出生名：Sigismund Schlomo Freud，1856年5月6日－1939年9月23日），奧地利心理學家、精神分析學家、哲學家，精神分析學的創始人．生於奧地利弗萊堡從維也納大學畢業後一直在維也納工作，後因躲避納粹，遷居英國倫敦。著有《夢的解析》、《性學三論》、《圖騰與禁忌》等，提出了「潛意識」、「自我」、「本我」、「超我」、「伊底帕斯情結」、「欲力」、「心理防衛機制」等概念，被世人譽為「精神分析之父」
維基百科 https://zh.wikipedia.org/wiki/%E8%A5%BF%E6%A0%BC%E8%92%99%E5%BE%B7%C2%B7%E5%BC%97%E6%B4%9B%E4%BC%8A%E5%BE%B7

Sigmund Freud (German: Sigmund Freud, birth name: Sigismund Schlomo Freud, May 6, 1856-September

23, 1939), Austrian psychologist, psychoanalyst, and philosopher, The founder of psychoanalysis. Born in Freiburg, Austria, after graduating from the University of Vienna, he has been working in Vienna, and later moved to London, England to avoid the Nazis. The author of "Analysis of Dreams", "Three Theory of Sexology", "Totems and Taboos", etc., put forward the "subconscious", "self", "intrinsic self", "superego", "Oedipal complex", The concepts of "desire" and "psychological defense mechanism" have been hailed as the "father of psychoanalysis" by the world From Wikipedia

(7) 雅各-馬里-埃米爾· 拉岡（法語：Jacques-Marie-Émile Lacan，法語發音：[ʒak maʁi emil lakɑ̃]，1901 年 4 月 13 日－1981 年 9 月 9 日），法國精神分析學大師。拉岡在精神分析學的理論上，對弗洛伊德的理論進行了重要的解讀，應用歐陸哲學（結構主義、黑格爾哲學、海德格爾哲學）為基礎，為精神分析的理論，提供了一次哲學性的重塑，亦從基礎理論上解開了對弗洛伊德的一些誤解（例如對弗洛伊德的「泛性論指控」）。精神分析學的另一個成份是關於對性的研究，弗洛依德的原創，以性作為人類家庭關係／社會組織／道德制約／想像力／求生慾／破壞力／藝術創作的原動力。弗洛依德以詳盡而細緻的文化分析 生活的多個層面，最終被批評為泛性主義，但到目前為止，拉岡則利用家庭三角結構及主體性兩個結構性元件，作為弗洛依德性論的附註，令弗洛依德的理論有了更具說服力的新意義。

維基百科：https://zh.wikipedia.org/wiki/%E9%9B%85%E5%90%84%C2%B7%E6%8B%89%E5%B2%A1

Jacob-Marie-Émile Lacan (French: Jacques-Marie-Émile Lacan, French pronunciation: [ʒak maʁi emil lakɑ̃], April 13, 1901-September 9, 1981), French master of psychoanalysis . In the theory of psychoanalysis, Lagan made an important interpretation of Freud's theory, using continental philosophy (structuralism, Hegelian philosophy, Heidegger philosophy) as the basis, and providing the theory of psychoanalysis. It was a philosophical reshaping and also solved some misunderstandings of Freud based on the basic theory (for example, Freud's "accusation of universality"). Another element of psychoanalysis is the study of sex. Freud's original work uses sex as the driving force of human family relations/social organization/moral constraints/imagination/desire for survival/destructiveness/art creation. Freud used a detailed and meticulous cultural analysis of multiple levels of life, and was eventually criticized as pansexualism, but so far, Lagan has used the two structural elements of the family triangle structure and subjectivity as Freud The notes to the theory of virtue give Freud's theory a more convincing new meaning. From Wikipedia

(8) 斯洛文尼亞盧布爾雅那大學的社會學和哲學高級研究員 Slavoj Zizek 是拉康傳統的最重要繼承人。他長期致力於傳播拉康的精神分析理論和馬克思主義哲學。精神分析，主體性，意識形態和大眾文化融為一體，形成了非常獨特的學術思想和政治立場，成為自 1990 年代以來最耀眼的國際學術明星之一，並被一些學者稱為黑格爾風格思想家。他曾在法國巴黎第八大學，明尼蘇達大學，哥倫比亞大學，普林斯頓大學等許多知名大學擔任客座教授。他活躍於各種有關哲學，心理分析和文化批評的國際學術研討會。兩者都引起了廣泛的關注。伊格爾頓將他評為過去十年中歐洲最重要的思想家之一。

維基百科：https://zh.wikipedia.org/wiki/%E6%96%AF%E6%8B%89%E6%B2%83%E7%86%B1%C2%B7%E9%BD%8A%E6%BE%A4%E5%85%8B

Slavoj Zizek, a senior researcher in sociology and philosophy at the University of Ljubljana, Slovenia, and the most important heir to the Lacan tradition. He has long been committed to communicating Lacan’s psychoanalytic theory and Marxist philosophy. Psychoanalysis, subjectivity, ideology, and popular culture are melted into one furnace, forming a very unique academic thought and political standpoint, becoming one of the most dazzling international academic stars since the 1990s, and is called Hegel by some scholars. Style thinker. He was a visiting professor at many well-known universities such as Paris

VIII University in France, University of Minnesota, Columbia University, Princeton University, etc. He was active in various international academic seminars on philosophy, psychoanalysis and cultural. Eagleton rated him as one of the most important thinkers in Europe in the past ten years. From Wikipedia

(9) 安娜· 尤利耶芙娜· 涅特列布科（俄語：Анна Юрьевна Нетребко）來自俄羅斯，當紅世界歌劇界的女高音。她不僅具有華麗嗓音，厚實的歌唱基本功，她的美貌更是為人所稱道。

維基百科 https://zh.wikipedia.org/wiki/%E5%AE%89%E5%A8%9C%C2%B7%E6%B6%85%E7%89%B9%E5%88%97%E5%B8%83%E7%A7%91

Anna Yuliyevna Netrebko (Russian: Анна Юрьевна Нетребко) is from Russia, Popular in the world of opera soprano. Not only does she have a gorgeous voice and solid basic singing skills, her beauty is also praised by others. From Wikipedia

十四行詩 007 房客

(1) 英國十六世紀劇作家馬羅（Christopher Marlowe）名著《浮士德（Dr Faustus）》的主角，以靈魂許與魔王，換取二十四年風光與權力。《浮士德》（法語：Faust）為法國作曲家古諾所創作的五幕大歌劇。劇本創作者為法國劇作家巴比耶（Jules Barbier）與卡雷（Michel Carré），根據卡雷之劇作《浮士德與瑪格麗特》（Faust et Marguerite）所撰寫。《浮士德》在 1859 年 3 月 19 日於巴黎的歌劇院（Théâtre Lyrique）首演。

維基百科 https://zh.wikipedia.org/wiki/%E6%B5%AE%E5%A3%AB%E5%BE%B7

(2) 梅菲斯托費勒斯（梅菲斯托菲列斯，德語：Mephistopheles），簡稱梅菲斯特（Mephisto）。最初於文獻上出現是在浮士德傳說中作為邪靈的名字，此後在其他作品代表惡魔。

維基百科 https://zh.wikipedia.org/wiki/%E6%A2%85%E8%8F%B2%E6%96%AF%E6%89%98%E8%B2%BB%E5%8

B%92%E6%96%AF

sonnet 007 roomer

(1) The protagonist of the famous book "Dr Faustus" by British dramatist Christopher Marlowe in the sixteenth century, exchanged his soul with the devil for twenty-four years of scenery and power. He cut his arm and dripped blood, he will write the contract in blood
from wikipedia https://zh.wikipedia.org/wiki/%E6%B5%AE%E5%A3%AB%E5%BE%B7

(2) Mephistopheles (Mephistopheles, German: Mephistopheles, there are other ways of writing), referred to as Mephisto (Mephisto). It first appeared in the literature as the name of the evil spirit in Faust legends, and has since become a stereotyped role representing the evil spirit in other works
from Wikipedia https://zh.wikipedia.org/wiki/%E6%A2%85%E8%8F%B2%E6%96%AF%E6%89%98%E8%B2%BB%E5%8B%92%E6%96%AF

散文　給一個懷孕的女人

Prose　To a pregnant woman

(1) Clotho 負責將生命線從她的卷線杆纏到紡錘上。她在羅馬神話中的對應者稱為諾娜（Nona，第九），最初是象徵懷孕第九個月的女神。
From Wikiedia https://en.wikipedia.org/wiki/Clotho
Clotho (/ˈkloʊθoʊ/; Greek: Κλωθώ) is a mythological figure. She is the one of the Three Fates or Moirai who spins the thread of human life; the other two draw out (Lachesis) and cut (Atropos) in ancient Greek mythology. Her Roman equivalent is Nona
from wikipedia：https://en.wikipedia.org/wiki/Clotho

(2) 徬徨的荷蘭人（荷蘭語：De Vliegende Hollander；英語：The Flying Dutchman。又譯作漂泊的荷蘭人），是傳說中一艘永遠無法返鄉的幽靈船，註定在海上漂泊航行……除非找到愛……

from 維基百科 https://zh.wikipedia.org/wiki/%E9%A3%9E%E7%BF%94%E7%9A%84%E8%8D%B7%E5%85%B0%E4%BA%BA

The hesitating Dutchman (Dutch: De Vliegende Hollander; English: The Flying Dutchman. Also translated as the Wandering Dutchman), is a ghost ship that can never return home, destined to sail on the sea... Unless you find love...from Wikipedia

十四行詩 002 巫囚

(1) 美狄亞（古希臘語：Μήδεια，拉丁語：Medea）是希臘神話中的人物。島國科爾喀斯的公主（以及埃勾斯）的妻子，也是神通廣大的女巫。米狄亞因她的強力魔法而聞名。由於身為太陽神赫利俄斯的後裔，她擁有一雙金色的眼瞳，還精通各種超強的法術，並且她還被任命為本國赫卡忒神殿的首席女祭司，在對赫卡忒神殿的拜訪過程中魔力得到不斷提升。當伊阿宋到訪她的國度時，身中愛神之箭的米狄亞便無法自拔地愛上了他。
維基百科 https://zh.wikipedia.org/wiki/%E7%BE%8E%E7%8B%84%E4%BA%9E

Sonnet 002 Medea (1) (I met a clone prisoned by a crone)

(1)Medea (Ancient Greek: Μήδεια, Latin: Medea) is a character in Greek mythology. The wife of the princess (and Aegus) of the island country of Colcas is also a magical witch. Midea is famous for her powerful magic. As a descendant of the sun god Helios, she has a pair of golden eye pupils and is also proficient in various super powerful spells. She was also appointed the chief priestess of the temple of Hecate in her own country. During the visit to the temple, the magic power has been continuously improved. When Jason visited her country, Midea, who was in the arrow of the god of love, fell in love with him uncontrollably.
wikipedia：https://zh.wikipedia.org/wiki/%E7%BE%8E%E7%8B%84%E4%BA%9E

十四行詩 003-r1 螺蹤物語

(1) 卡珊德拉（Cassandra）又譯卡桑德拉、卡珊卓（希臘文：Κασσάνδρα），為希臘、羅馬神話中特洛伊的公主，阿波羅的祭司。

卡珊德拉突出的形象是一名不被聽信的女先知，Bernard M.W.Knox 評述卡珊德拉「她和古希伯來的眾先知一樣直視事理的真相，不論過去、現在或未來；但是她的明晰無誤的眼力，和她心中負荷的宇宙事理的可怖奧秘，卻使她隔絕於正常的人生，使她在世人眼中成了個瘋子。這便是古來先知們一再遭遇的命運。」

維基百科：https://zh.wikipedia.org/wiki/%E5%8D%A1%E7%8F%8A%E5%BE%B7%E6%8B%89

Sonnet 003r1 obscured love

(1)Cassandra (Cassandra) also translated Cassandra, Cassandra (Greek: Κασσάνδρα), is the princess of Troy in Greek and Roman mythology, and the priest of Apollo.

The prominent image of Cassandra is an unbeliefed prophet. Bernard MWKnox commented on Cassandra, "She is as straightforward as the ancient Hebrew prophets, whether they are past, present or future; but her Clear and unmistakable eyesight, and the terrible mystery of cosmic affairs burdened in her heart, isolated her from normal life, making her a lunatic in the eyes of the world. This is the fate that has been repeatedly encountered by prophets in ancient times." Homer Poetry commentators quoted the legend that Cassandra and Helenus were twins. His family was worshipped at the temple of Apollo Thymbraean. The family went drunk and left Kassandra and Herenos in the temple. The family was awake the next day and went to the temple to look for it. When they saw a god snake using their tongue as the second son to wash their ears, they screamed. The snake sneaked into the laurel branches and disappeared. Kassandra and Herenos were able to foresee the future.

Another way of saying the source of prophecy is the gift of Apollo.

From wikipedia：https://zh.wikipedia.org/wiki/%E5%8D%A1%E7%8F%8A%E5%BE%B7%E6%8B%89

俳句 01 -03 雪 與 耶誕節
Haiku Poetry -01-03 Christmas and Snow

(1) 大屯山位於台灣西北部的陽明山國家公園內，轄區在台北市的北投區，海拔標高是 1,092 公尺，為一錐狀活火山，地理上屬於大屯火山群的大屯山亞群，目前是台灣境內唯一的活火山。維基百科

Datun Mountain is located in the Yangmingshan National Park in northwestern Taiwan. Its jurisdiction is in Beitou District of Taipei City. It has an elevation of 1,092 meters. It is an active cone-shaped volcano and geographically belongs to the Datun Mountain subgroup of the Datun Volcano Group. It is currently the only active volcano in Taiwan

from Wikipedia https://zh.wikipedia.org/wiki/%E5%A4%A7%E5%B1%AF%E5%B1%B1

(2) 歌劇 波西米亞人 男高音 詠嘆調 妳那好冷的小手．維基百科

Opera Bohemian Tenor Aria Your cold little hands. (Che gelida manina)

from wikipcdia https://zh.wikipedia.org/wiki/%E6%B3%A2%E5%B8%8C%E7%B1%B3%E4%BA%9A%E4%BA%BA_(%E6%AD%8C%E5%89%A7)

十四行詩 015 愛之夢

(1) 李斯特· 費倫茨（匈牙利語：Liszt Ferenc，1811 年 10 月 22 日 — 1886 年 7 月 31 日），匈牙利作曲家、鋼琴演奏家，（Liebesträume），作品 S. 541，實際上是 3 首夜曲，據烏蘭（Ludwig Uhland，1788-1862）與符利拉德（Ferainand Freiligrath）的詩上所附《男高音或女高音獨唱用的三首歌曲》（Drei Lieder Für eine Tenor oder Sopran-Stimme）的編曲。共三首：1. 據烏蘭的《高貴的愛

情》(Hohe Liebe)而譜曲，富於表情的小行板，降A大調。2.據烏蘭的《神聖的死亡》(Seliger Tod)譜曲，極似慢板，E大調。3.優雅的快板，降A大調，據符利拉德的《盡其所能愛的去愛》(O lieb,so lang du lieben kannst)譜曲。其中第三首最為有名，一般提起《愛之夢》，就是指這一首。

(2) 貝森朵夫鋼琴廠有限公司(德語：L. Bösendorfer Klavierfabr)貝森朵夫鋼琴廠是世界上最古老的鋼琴製造商之一，該品牌由伊格納茨· 貝森朵夫於1828年在奧地利維也納創立。其製造的平台鋼琴以頂級的品質聞名於世。1839年，公司接受當時奧地利皇帝斐迪南一世的皇家委任狀專門為皇室提供頂級平台鋼琴。

維基百科 https://en.wikipedia.org/wiki/Liebestr%C3%A4ume

Sonnet 015 Liebesträume(1)

(1) Liszt Ferenc (Hungarian: Liszt Ferenc, October 22, 1811-July 31, 1886), Hungarian composer and pianist, (Liebesträume), work S. 541, is actually 3 nocturnes, according to Ulan (Ludwig Uhland, 1788-1862) and Fulilade (Ferainand Freiligrath) attached to the poem "Solo Tenor or Soprano Arrangement of "Three Songs Used" (Drei Lieder Für eine Tenor oder Sopran-Stimme). There are three songs in total: 1. Based on Ulan's "Hohe Liebe" (Hohe Liebe), it is a small and expressive little ornate, in A flat major. 2. According to Wulan's "Seliger Tod" (Seliger Tod), it is very similar to Adagio, in E major. 3. Elegant allegro, in A flat major, composing music based on Flillard's O lieb, so lang du lieben kannst (O lieb, so lang du lieben kannst). Among them, the third is the most famous. Generally speaking, "Dream of Love" refers to this one.

(2)Bösendorfer Piano Factory Co., Ltd. (German: L. Bösendorfer Klavierfabr) Bösendorfer Piano Factory is one of the oldest piano manufacturers in the world. The brand was founded in 1828 by Ignatz Bösendorfer. Founded in Vienna, Austria in the year. The grand pianos manufactured by him are world-renowned for their top quality. In 1839, the company accepted the royal commission from the then Austrian Emperor Ferdinand I

to provide top grand pianos for the royal family.
From Wikipedia：https://en.wikipedia.org/wiki/Liebestr%C3%A4ume

(2)the very famous brand of piano in Germany

十四行詩 016 平行時空

(1) 薄酒萊葡萄酒（法文：Les Vins du Beaujolais，或常簡稱 Beaujolais），是生產於法國勃艮第南部薄酒萊（Beaujolais）地區之葡萄酒。在多種薄酒萊葡萄酒之中，一種被稱為薄酒萊新酒　維基百科

Walking by the Seashore Sonnet 016 parallel cube

(1) Beaujolais wine (French: Les Vins du Beaujolais, or often referred to as Beaujolais), is a wine produced in the Beaujolais region of southern Burgundy, France. Among a variety of Beaujolais wines, one is called Beaujolais Nouveau
Wikipcdia https://zh.wikipedia.org/wiki/%E8%96%84%E9%85%92%E8%90%8A%E8%91%A1%E8%90%84%E9%85%92

十四行詩 孕母—Matrix

阿飄、阿杜，大姊的朋友，該速寫不知出自何人。

俳句／Haiku 01-05 廊前燕／swallow

(1) 東方草鴞（以下簡稱草鴞）是臺灣貓頭鷹中較不被看重的草生地棲息繁殖的留鳥數量非常稀少 維基百科

(1) The Oriental Grass Owl (hereinafter referred to as the Grass Owl) is a relatively unimportant grass habitat among Taiwanese owls. The number of resident birds inhabiting and breeding is very rare.
Wikipedia https://zh.wikipedia.org/wiki/%E6%9D%B1%E6%96%B9%E8%8D%89%E9%B4%9E

(2) 譯自英文 - 高地公園釀酒廠是世界上最北端的單一麥芽蘇格蘭威士忌釀酒廠，位於蘇格蘭最北海岸奧克尼群島上的柯

克沃爾，那裡是大西洋與北海的交匯處。威士忌業內人士認為高原公園是世界上最大的單一麥芽威士忌之一。它曾三度被美國蒸餾酒專家 F. Paul Pacult 評為「世界上最好的烈酒」。高地公園在國際烈酒評比比賽中也表現出色。維基百科（英文）Highland Park distillery is the northernmost is an single malt Scotch whisky distillery in the Scotland,[1] located in Kirkwall on the Orkney Islands.
https://en.wikipedia.org/wiki/Highland_Park_distillery

煮飯花 - Mirabilis

(1) Mirabilis jasmine is commonly known as "cooking rice flower", because jasmine blooms in the evening, which is the time when households raise the fire and cook rice, so it has such an interesting common name.

(1) 紫茉莉俗稱「煮飯花」，因為紫茉莉開花的時間在傍晚，也就是家家戶戶升火煮飯的時間，所以有這麼一個有趣的俗稱

十四行詩 -019- 妹の姿 給玥寧

sonne-019- 妹の姿 (yah nining)my granddaughter

(1)The Andromeda Galaxy (IPA: /æn'drɒmɪdə/), also known as Messier 31, M31, or NGC 224 and originally the Andromeda Nebula (see below), is a barred spiral galaxy approximately 2.5 million light years (770 kiloparsecs) from Earth and the nearest major galaxy to the Milky Way. From Wikipedia

仙女座星系（IPA：/ æn'drɒmɪdə /），也稱為 Messier 31，M31 或 NGC 224，最初是仙女座星雲（見下文），是一個離地球和地球約 250 萬光年（770 千帕秒）的旋轉的星系。

維基百科 https://en.wikipedia.org/wiki/Andromeda_Galaxy

十四行詩 - 20 醇釀（給品澈）

sonnet-20- melodious ferment-for (Pen Che)-my grandson

(1) 戴歐尼修斯（古希臘語：Διόνυσος , Dionysos ; 英語：Dionysus），古希臘神話中的酒神，Dionysius (Ancient Greek: Διόνυσος, Dionysos; English: Dionysus), the god of wine in ancient Greek mythology
維基百科 from wikipedia https://zh.wikipedia.org/wiki/%E7%8B%84%E4%BF%84%E5%80%AA%E7%B4%A2%E6%96%AF

(2) 邱比特（拉丁語：Cupido，拉丁英文轉寫 Cupid），又稱埃莫（拉丁語：Amor）維基百科

(3)Cupid (Latin: Cupido, Latin English transliteration Cupid), also known as Amor (Latin: Amor)
from wikipedia https://zh.wikipedia.org/wiki/%E9%82%B1%E6%AF%94%E7%89%B9

199

Seashore variegates

國家圖書館出版品預行編目資料

濱海札記：散文及十四行詩 = Seashore variegates : sonnet and sketches / 賴慶曉 Anthony Lai著
--初版-- 臺北市：博客思出版事業網：2021.10
中英對照
ISBN： 978-986-0762-06-8（精裝）

863.51　　110012445

當代詩大系21

濱海札記：散文及十四行詩
Seashore variegates: Sonnet and Sketches

作　　者：賴慶曉 Anthony Lai
編　　輯：田文惠、塗宇樵、楊容容
美　　編：塗宇樵、田文惠
封面設計：田文惠
出　　版：博客思出版事業網
地　　址：台北市中正區重慶南路1段121號8樓之14
電　　話：(02)2331-1675或(02)2331-1691
傳　　真：(02)2382-6225
E—MAIL　：books5w@gmail.com或books5w@yahoo.com.tw
網路書店：http://bookstv.com.tw/
https://www.pcstore.com.tw/yesbooks/
https://shopee.tw/books5w
博客來網路書店、博客思網路書店
三民書局、金石堂書店
經　　銷：聯合發行股份有限公司
電　　話：(02) 2917-8022　傳 真：(02) 2915-7212
劃撥戶名：蘭臺出版社　帳號：18995335
香港代理：香港聯合零售有限公司
電　　話：(852)2150-2100　傳真：(852)2356-0735
出版日期：2021年10月 初版
定　　價：新臺幣320元整（精裝）
ISBN：978-986-0762-06-8